我和小伙伴们都笑歪了

梁刚◎编著

当代世界出版社

图书在版编目（CIP）数据

我和小伙伴们都笑歪了 / 梁刚编著. -- 北京：当代世界出版社, 2013.10

ISBN 978-7-5090-0787-7

Ⅰ. ①我… Ⅱ. ①梁… Ⅲ. ①笑话—作品集—世界 Ⅳ. ①I18

中国版本图书馆CIP数据核字（2013）第195871号

书　　名：我和小伙伴们都笑歪了
出版发行：当代世界出版社
地　　址：北京市复兴路4号（100860）
网　　址：http://www.worldpress.org.cn
编务电话：（010）83907332
发行电话：（010）83908409
（010）83908455
（010）83908377
（010）83908423（邮购）
（010）83908410（传真）
经　　销：新华书店
印　　刷：三河市祥达印装厂
开　　本：730mm × 960mm　1/16
印　　张：14.75
字　　数：150千字
版　　次：2013年10月第1版
印　　次：2013年10月第1次
书　　号：ISBN 978-7-5090-0787-7
定　　价：20.00元

目录
Contents

目录
Contents

不用急，慢慢来！最重要的是：快！

1.

某领导来视察，和颜悦色地对着一个正在打字的同事说：“好样的，不用急，慢慢来！最重要的是：快！”

2.

老婆：“离婚了，什么都要平分。”

老公：“那孩子呢？只有一个怎么分？”

老婆：“好吧！我再给你生一个吧！”

3.

问：“你认为甲的优点是什么？”

答：“他善于和人打交道，比较有亲和力。”

问：“那你认为你有哪些优点呢？”

答：“我比较善于和甲打交道。”

4.

老师骂学生：“就是因为你得流感了，所以你名扬天下。”

5.

妈妈：“你就是我们家的太后。”

我很是得意：“什么太后啊，西太后？”

妈妈：“脸皮太厚！”

6.

今天刚买了紫红色的指甲油，晚上涂在手上。女儿从房间里出来了，问：“妈，屋里有股什么气味儿啊？怪怪的！”然后老公从房间里探出头，很损人地来了一句：“这是一股妖气……”

7.

同事走下电梯后眉飞色舞地告诉我：“刚才在电梯里硬生生地憋了两个屁回去，那么多人在里头，不然丢人可就丢大发了。”说完这些他打了个嗝……

8.

一猛男长跑特牛，一个女生跑来羞答答地对他表白说：“帅哥，我可以追你吗？”该男生愣了两秒，向跑道方向跑去：“好啊，来追我啊！”

9.

我冒充女神男友给女神快递过去一束玫瑰花，然后选择货到付款，后来女神怒与其分手。

10.

“你怎么了？”

“失眠，睡不着。”

“没事，你就是压力太大，睡一觉就好了。”

“我……”

11.

驾校教练在教一名女学员换轮胎，演示了好几遍，她还是似懂非懂。第二天，女学员来到驾校，对老师说：“我已经学会了。”教练问：“怎么一夜不见就学会了？”她解释道：“你教我的，我没有完全记住，今天早上，我把我老公汽车轮胎里的气放掉了，然后我站在一边观察他换轮胎。”教练：“……”

12.

飞机上，乘务员在收餐盘，大多数旅客都递上餐盘便于乘务员收取。一位靠窗的旅客无动于衷。乘务员伸手够不着，便对他说：“麻烦您把餐盘递一下好吗？”那位旅客傲慢地说道：“你是服务员，还是我是服务员？”乘务员答道：“我是服务员，但我不是长臂猿！”

13.

旅客：“小姐，把我的行李放上去！”

乘务员：“先生，对不起，我自己一个人抬不动，一起好吗？”

旅客：“你不是天使吗？天使还放不上去？”

乘务员：“先生，你是上帝都放不上去，我是天使能放上去吗？”

14.

爸爸在玻璃厂工作，干活都得戴手套。有一天下夜班，他坐出租车回家。当车子经过一片郊区的小树林时，凉风袭来，爸爸觉得有点冷，就掏出了手套戴上。司机从后视镜里看见了，惊恐地问：“兄弟，你在干什么？”“哦，习惯了，每次干活前都要戴手套，这样既不会割伤自己，又不会留下痕迹。”司机当时脸都绿了……

这才叫菜鸟，其他菜鸟都弱爆了

菜鸟：“请你做我的师父吧！”

大虾：“别客气，大家切磋切磋而已。”

菜鸟：“我有个问题百思不得其解。”

大虾：“请讲。”

菜鸟：“我很菜，你可千万不要笑我！”

大虾：“我对天发誓，绝对不会。”

菜鸟：“OICQ，是不是‘偶爱重庆’的拼音缩写？”

大虾：“……我可不可以收回我刚才发的誓？！”（喷饭中……）

菜鸟：“我喜欢一个美眉，她问我有没有‘伊妹儿’，我说没有，为什么她就笑我老土？”

大虾：“你应该立即去申请一个……”

菜鸟：“弱水三千，只取一瓢！我绝对不会去再申请一个美眉的！”

大虾：“我晕……”

菜鸟：“听说电脑有两种启动方式，冷启动和热启动。”

大虾：“对啊，没有错。”

菜鸟：“冷启动是直接按电源开机，不过热启动我怎么操作都不行。”

大虾：“热启动，就是按Alt+Ctrl+Del啊。”

菜鸟：“没错啊，我按了，可是没有反应啊。”

大虾：“你是同时按的吗？要同时按下这几个键才有用。”

菜鸟：“同时按……这可有点难……”

大虾：“你试试，慢慢就会习惯的。”

菜鸟：“我试了好几次了，还是不行。”

大虾：“不会吧？很简单的啊。”

菜鸟：“没错，A-l-t+C-t-r-l+D-e-l……不过，先请问一下，要怎样才能同时按下‘l’键3次？”

大虾：“……汗！”

怀孕后夫妻的爆笑生活

关于长相

娃娘：“你说以后咱家小孩会像谁？”

娃爹：“像我。”

娃娘：“干吗不能像我！”

娃爹：“你眼睛没我大吧，像我比较好；鼻子没我挺吧，还是像我比较好；眉毛没我浓吧，我的比较好……”

娃娘大怒，拍肚而起：“敢情我在你眼里长得丑死了，没一个地儿好啊！”

娃爹慌忙安抚：“不是啦，不是啦！”

娃娘：“那你说，什么地方长得像我？”

娃爹开始仔细端详娃娘。

娃爹：“要不——耳朵像你？”

娃娘：“……”

关于吃

娃爹：“明天晚饭想吃什么？”

娃娘：“带鱼。”

娃爹：“怎么想吃带鱼啦？”

娃娘：“不是我想吃，是他想吃。（理直气壮地指着肚子）”

娃爹：“后天烧牛肉怎么样？刚才他发短消息给我啦。（理直气壮地指着娃娘肚子）”

娃娘：“……”

娃娘：“好啊，你竟然打着他的旗号招摇撞骗。”

娃爹：“凭什么他能告诉你，不能告诉我？”

娃娘：“因为我穿防辐射服，有屏蔽作用，他的短消息发不出去。”

娃爹：“……”

关于按摩

娃娘：“老公，人家说爸爸每天要按摩妈妈的肚子，这样能促进胎儿成长。”

娃爹：“是吗，怎么按啊？”

娃娘：“就是顺时针转几圈，再逆时针转几圈。”

娃爹认真听后，开始按摩。

娃爹：“哦，这个不难，和搓麻将的手势一样啊。哈哈，来来来，宝宝啊，老爸教你搓麻将哦，哗啦啦——哗啦啦——”

娃娘白眼。

关于意义

娃娘：“怀孕太辛苦了，吃不下，睡不好。你说生孩子有什么意思呀？”

娃爹：“哎呀，以后就有小朋友给你欺负啦！”

娃娘：“没有他，我也可以欺负你啊！”

娃爹：“不一样的，我会反抗的，而他不会。”

娃娘：“……”

关于吃饭

娃爹：“晚上想吃什么？”

娃娘：“没胃口，不想吃，而且说了你也不会烧。”

娃爹：“说呀，想吃什么？”

娃娘：“烤——乳——鸽！”

娃爹：这个啊——要么上馆子吧。

饭饱，娃娘揉着肚皮满意地走出饭馆。

娃爹：“还说没胃口，刚才不是挺能吃的？”

娃娘神情幽怨：“怎么办，孩子他爹。咱娃喜欢上馆子，俺们养不起啊！”

娃爹：“……”

关于运动

饭饱，娃娘横卧沙发，打着饱嗝。

娃爹：“不要一吃好就躺下，等下胃又要不舒服了，起来动动。”

娃娘：“不要！我累了！”

娃爹：“起来起来，不要这么懒。不要让我再看到你还赖在沙发

上啦。”

话毕，娃爹下楼倒垃圾。

娃爹：“你还躺着不动啊？”

娃娘：“瞎说，没看到我的脚趾头、手指头一直在动啊！”

娃爹：“……”

关于称呼

某天，娃娘一脸愤怒。

娃爹明知故问：“怎么啦，谁惹您不开心啦？”

娃娘：“哼，还有谁，姓李那小子！”

娃爹恍然大悟，指着娃娘肚子：“你这姓李的小子，咋又惹你娘不开心啦！”

娃娘：“……”

关于哭闹

娃娘：“孩子他爹，你说以后宝宝哭闹怎么办？”

娃爹：“那就抱出去遛弯呗。”

娃娘：“要是大半夜呢？”

娃爹：“那算了，把他关在阳台上，哭累了就不哭了。”

娃娘：“要是他哭不停呢？”

娃爹：“那就在床上挂一只喜羊羊。”

娃娘：“看喜羊羊就能不哭？！”

娃爹：“不是，让他数羊，‘一只羊、两只羊……’数着数着就睡着啦。”

娃娘：“……”

关于早饭

双休日，早上8点。

娃爹：“你可以起床啦，8点啦！”

娃娘：“今天休息啊，不要吵！”

娃爹：“起来吃早饭啦，宝宝饿了。”

娃娘：“不会的，我昨天夜宵吃得饱饱的，再说，他饿了会踢我的啦。”

娃爹：“他都被你饿晕了，没力气踢你啦。”

娃娘：“……”

乱七八糟的小笑话

不为日子皱眉头，只为吻你才低头。

赞一个美女有很多种方法，比较简洁的方式是：“姑娘，你妲己貌女娲心。”

让女人不看重物质的方法有吗？如果你一定要问我，那我只能反问，让男人不好色的方法有吗？

一年级的小学生上课时无精打采，老师提醒大家说：“请大家拿

出精神来！”于是学生们开始在书包里翻起来，最后有位学生举手提问：“老师，请问哪个才是精神？”

老师：“你怎么偷懒？其他同学一次搬七八块砖，可你只搬四块？”

学生：“不，是他们偷懒。”

老师：“为什么？”

学生：“因为他们怕多走路。”

女人放弃一个跟不上她的男人，是有志气。男人放弃一个跟不上他的女人，则是没义气。

爸爸：“房间里好冷啊！”

儿子：“你可以站到墙角去。”

爸爸：“为什么啊？”

儿子：“因为墙角有90度。”

昨天买了个新手机。今天，我参加同学生日会，想要显摆下。公交车上我与陌生人并排坐，同学来电话问我何时到，我潇洒地拿起新手机赚足目光后，又潇洒地放进手边的包里。我到站下车后，目送公交车走远，才想起今天根本没带包……

清晨，两个护理专业的实习生在水房偶遇。

A：“回来了，昨晚上的什么班呀？”（没话找话）

B：“……夜班。”

一影像专业的学生第一次进CT室。

老师：“这人脑出血，出去告诉一声。”

学生：“大爷，您快去急诊找大夫吧，您脑出血呀。”

老师：“我是让你告诉家属……”

一个做护理的跟一个做影像的在网上斗嘴。

护理：“小样，不服一针扎死你。”

影像：“小样，不服一道辐射杀光你的白细胞，让你得白血病死掉。”

护理：“妹妹，你下手太狠点儿了吧。”

重庆有道著名的小吃叫酸辣粉。某日，一女白领在解放碑著名的酸辣粉店买酸辣粉。

女白领：“老板，二两酸辣粉，不要辣椒不要醋。”

老板：“……”

人不怕死，但是最怕不知道怎么活。

一个人一生成功与否，就看追悼会了。

钱就像粪便，如果你把它撒开，它会使庄稼得到好处；如果你把它堆积在一个地方，它会臭气熏天。

顾客：“请问那条围巾要多少钱？”

营业员：“400元。”

顾客：“这么贵！都够买一双好皮鞋的价格了。”

营业员：“是贵了点儿，可没见过有人脖子上挂皮鞋的啊！”

三八节，她独自走在街上，突然被一个人拦住，那人深情拉起她的手道：“百年前你抛绣球招亲，后来有一位秀才接住了绣球，这件事你还记得吗？我穿越而来，就是为了与你相遇！”她一怔，继而脸蛋一红：“你是那位秀才？”那人摇头，微微一笑：“不，我是那只绣球。”

某高管的年轻太太生了个儿子，高管想知道儿子长得像谁，急忙派他的副手到妇产科医院去查看。副手回来对高管说：“完全像您！”“那就对了，再说得详细点儿。”“细看了一下，您的儿子头上光光，没有头发，肚子大大，能吃能喝，整天不是睡觉就是大哭大

闹，有一帮人围在他身边转。”

公交上，一对情侣在吵架，男的想动手打架。只听女大喊：“你动一下试试？”男突然站起来，指着女大叫：“告诉你，动手修理你才是爷们！”大家以为这男的为了证明自己是爷们要动手呢！这时男的突然来一句：“不动手修理女人是纯爷们！”

主持人：“请新上场的女嘉宾谈一下自己的择偶标准。”

女嘉宾：“我心目中的那个他，应该富有同情心，富有上进心，富有责任心，富有包容心……”

主持人：“能再简洁一点儿吗？”

女嘉宾：“哦，他应该富有。”

“你们用盗版的时候有想过做出这款软件的程序员吗？！他们该如何养家糊口？！”“哈哈哈，别逗了，程序员哪有家要养啊？”

一只乌鸦口渴了，看见路边有个瓶子，瓶里水不多，瓶口又小。怎么办呢？聪明的乌鸦就把小石子一颗颗叼到了瓶子里。等水快要漫到瓶口的时候，一个老太太弓着腰走过来，倒光了石子，把瓶子捡走了。

黑猫和白猫一起去面试，结果白猫被录取了，黑猫没有。为什么

呢?

因为……“啦啦啦，啦啦，黑猫紧张。”

Beyond乐队的作品以写实为主，内容生活化。比如，主唱曾因为买了一条不合身的阿玛尼西裤，便即兴唱道：“阿玛尼，那裤偏大，那裤偏大，wewe……”

唐僧：“徒弟们，你们都是哪里人?”

悟空：“我是花果山，二师弟是高老庄，三师弟是流沙河。”

唐僧：“没有吐蕃来的?”

悟空：“没有啊，师父怎么啦?”

唐僧摸摸光头，困惑道：“最近我走路时，总隐约听到有人在唱什么你挑卓丹，我牵卓玛……”

一个老头怒气冲冲地来到邮局投诉道：“我刚才出门的时候，发现门上挂着一张卡片，说邮递员来送包裹，没人在家。我明明在家，并没听到有人敲门呀！”邮局的工作人员向他道了歉，并把包裹拿出来给了他。他高兴地说：“等了半个月的东西今天终于收到了。”工作人员好奇地问：“是什么好东西啊?”老头答道：“助听器。”

那些年我们一起干的糗事

帅哥请我吃冰糕，我咬一口大叫："烫死我了！"

卖早点的店每天都很忙。一天早上来了个腼腆的小姑娘，点了碗豆浆，老板习惯性头也不抬地用地方话问："打包还是带走？"小姑娘半天才小声地回答道："我，我可以在店里吃吗……"

最近感觉记忆力下降得厉害，于是就找了一个记事本，把每天重要的事情都记下来。可是今天早上起来，差不多把床都拆了，愣是没找到记事本……

打开电脑写东西，第一个字输入“不”，但总显示是“丕”，怎么尝试都不行。最后折腾了四五分钟，我凭借自己的智慧找出了问题的根源——谁把下划线状态给打开了?

一个小男孩和一个小女孩的对话。

小男孩：“我们先恋爱，长大后你就嫁给我吧！可以吗？”

小女孩：“你姓什么？”

“张啊？怎么了？”

“没事！我姓韩！我妈妈说了，同姓是不可以在一起的，我们不同姓就可以。”

“哦！”两人牵着手跑远了。

生物课老师讲到耳朵的结构，开始提问耳朵由哪几部分组成。

小学生们踊跃回答：“耳膜、耳鼓……”

突然课堂上冒出一句：“还有耳屎。”

哥哥买了一桶酒，用封条封住桶口。

弟弟在桶底钻了一个洞，天天偷酒喝。

一天哥哥发现酒少了，别人建议他检查一下桶底。

哥哥骂道：“笨蛋，我桶里的酒是从上面少的！”

一男子去超市，看到一个美女朝他挥手，然后跟他打招呼。他感到很吃惊，因为他根本想不起自己是在哪里认识她的。于是他说：“你认识我吗？”听了这话，她回答说：“我想，你是我的一个孩子的父亲。”此时，他的头脑立即追溯到以前的时光，然后说：“天啊，那次单身舞会，你就是我的那位舞伴……是你吗？”她盯着他的眼睛，平静地说：“你说什么呢，我是你儿子的数学老师。”

有个行人在扁担上挂着一只茶壶，茶壶突然坠地而碎，可他头也不回地继续朝前走。一个路人见了忙喊：“喂，茶壶碎了！”

那人淡淡地答道：“既然碎了，回头看又有何用？”

路人听了大怒，骂道：“随地乱扔垃圾，你还装什么酷？！”

下楼碰到楼里以前的邻居，发现她越发漂亮了，我下楼她上楼，接近的时候她冲我笑着说：“下班了？”我高兴地答：“嗯，下班了。”仔细一瞧她在用耳机打电话，理也不理我，继续对手机说：“那你去接孩子吧。”

女友：“我想出去旅游！”

男友：“去哪儿？”

女友：“杭州的园林，苏州的西湖，北京的外滩，上海的故宫！”

男友：“……我还是给你摘星星去吧！”

昨天，一美女说我脸大。

我说：“你脸才大，要不比一比。”

她问：“怎么比？”

我说：“把脸浸水盆里，看谁溢出得多。”

她说：“不行，你会喝。”

宿舍里一个哥们儿吃核桃遇到一个硬的，舍友让他扔了。可他说：“不信今天搞不开。”于是脚跺、凳子砸，核桃还是完好无损！最后他拿到门缝里夹。“嘣”一下，核桃完好地落在地上打滚，宿舍门却掉了下来。最后核桃没吃上还花了一百多块修门。

校运动会，标枪比赛正在进行。一个学姐人高体壮，戴着护膝、护腕，手上擦了石膏粉，一看就是专业运动员，起势、助跑……突然被裁判老师拦下：“注意，标枪拿反了。”

食堂里，学生A对学生B说：“新学期新气象啊！今天菜的分量明显比以前多，我们提的意见终于得到重视了。”学生B拍拍他的肩膀，说：“别想太多了，师傅放了两个月假，手有点儿生。”

高中的时候我有一天中午在学校溜达，走到校长宿舍楼下看到一男孩在吸烟，旁边还站着一女孩。这时校长下来了，看到那男生在吸

烟，便教育他：“小同学，吸烟有害健康啊！”然后那女生在旁边附和：“嗯，校长你快帮我教育教育他，我都快管不了他了。”

以前上大学一次英语六级考试，有一同学作弊，被监考老师发现，老师走过他旁边，留下一句话：“这个我就不抓了，正确率太低了。”那位同学不淡定了……

今天心血来潮，发短信调戏老公。“帅哥，我注意你很久了，出来一起吃个饭呗！”本想着他会配合说“好呀”或者“去哪呀”之类的，结果这厮回了一句：“你妹，你这是发给谁的？”

我和男友到公园游玩，在公园湖边，我看到水里游着一对鸳鸯。我很羡慕，不由见景生情，抓起男友的手，深情地说：“亲爱的，让我们今生今世都像这对鸳鸯一样，永远遨游在这爱的海洋里，好吗？”男友听后，竟然“扑哧”笑出声，然后不解风情地说道：“鸳鸯怎么会游到海洋中呢？除非是被棒子打过去的！”

哥们儿喜欢上了一个女孩，情人节这天傍晚，他把女孩约出来吃情侣套餐。喝了几杯红酒后，他借着酒劲，大胆地问：“你……你可以做我女朋友吗？”女孩想都没想，坚决地摇了摇头。哥们儿很伤心，拿起外套对女孩说了声“拜拜”就走。谁知没走几步，女孩在后面竟大声喊：“爱——你。”他很激动，赶紧又跑回到餐桌旁，微笑

地看着女孩，但女孩却幽幽地对他说：“哎，你，你吃饭的钱还没付呢。”

一同学，初中就辍学了。昨天他问我：“你知道怎么洗文身吗？”我问：“怎么了？”他说：“前阵子认识一姑娘，叫霞儿，真漂亮，我无可救药地爱上她了，愿意为她付出一切，于是用墨水在手臂上刺了她的名字，痛了好几天呢！”我问：“那怎么又要洗？”他说：“哎，今天才知道，原来她名字叫‘遐迩’。”

夏尔对未婚妻说：“亲爱的，你瞧这串项链，上面正好有22颗珍珠。”“为什么是22颗呢？”“和你的岁数一样啊。”“原来是这么回事，”未婚妻暗暗地责备自己，“要是我把30岁的真实年龄告诉他就好了。”

男女二人在大街上邂逅，不几日，便订婚了。小伙子激动地拉着姑娘的手说：“你真是位好姑娘，尽管我长得不如我的朋友萨米拉英俊，出身也没有他那么高贵，也没有他那么多的存款，但是你却如此地爱我，这怎么能不令我感动呢？我一定爱你一辈子！”姑娘听得眉飞色舞，紧紧地拉着他的手不放，说：“你的真诚的表白和坦率的诉说，真令人敬佩。不过，我现在对你只有一个要求：快把萨米拉的住址告诉我！”

一司机运货到广东，途中遇交警检查。

交警要司机出示驾照，司机恭恭敬敬把驾照奉上，不料交警劈手将驾照退回，严肃道："8吨的车拉了40吨货，我要看火车驾驶证！"

今天，去银行排队，前面一妇女抱着孩子，孩子调皮地玩着玩着把鞋掉地上了。我弯腰准备帮忙捡，不料孩儿他娘说了一句："你再把鞋掉了，傻子会捡走的！"你说我弯下的腰该怎么办?

朋友儿子来我家玩，看到了我的无线鼠标和键盘，好奇地问我怎么没有线。

我顺口一说："用着麻烦给剪了。"

下午朋友打电话过来，说他家里鼠标线被剪了，训了我半个小时！

某人住旅店，一会儿工夫就往厕所跑了七八趟，旅店老板看到后问："拉肚子了吧。"

那个客人暴怒道："你们厕所也不多弄几个便池，着急大便呢，结果每次去都是满员。"

一哥们儿去医院打破伤风针，问医生："一个月前踩到图钉打的

针，今天又踩到了用不用再打针？”医生直接告诉他：“有那钱你还是看看眼睛吧。”

某日我把车停在教学楼前，便匆忙去上课。

下课后匆忙取车，抄起钥匙就开始捅，突然发现捅的不是自己的车，更尴尬的是，此时车主人来了。正想着怎么解释呢，锁捅开了，怎么办……怎么办……

在一个非常寒冷的早晨，一个哥们儿与朋友去提款机取钱，正好遇见运钞车来加钞。无奈之下两人只好站在一旁苦苦等候，这时朋友问那哥们儿：“冻手不？”那哥们儿冷冷地回了一句：“冻手！”结果四杆枪瞬间指向他俩……

一日，一青年外出，路遇一乞丐。

乞丐拦住青年：“先生，行行好，给我一点儿钱吧。”

青年：“什么？我给你？我乘车还差五毛钱呢！你给我五毛怎么样？”

乞丐从他乞讨的碗里拿出五毛递给青年：“给你！”

青年：“……”

婚礼正要进行时，一个年轻男子突然冲了进来。

漂亮的新娘立刻大声说道：“我看过笑话，也做好了心理准备！

说吧，你是来抢新郎、新娘、伴郎还是伴娘？”

那个年轻男子一脸饱受惊吓的模样：“我，我是司仪，不好意思来晚了。”

历史课上，老师让我们自己背诵课文。我看了十分钟的书，实在无聊，想跟后排女生聊聊天。

偷偷看了看四下，发现老师没在教室，就大胆地转过头，说：“老师出去了，聊一会儿。”

然后我就发现历史老师坐在我后面，用一种奇怪的目光看着我。

后来我才知道，那天后排女生根本没来！

你肯定遇到过这些郁闷倒霉的事

当你发现你拨错了一个电话，你很少会听到忙音。

在单位，一般你被关注的程度与你犯错误的次数成正比。

当你倒好一杯热咖啡准备享用，你的老板就会给你一项新的工作，工作的时间与你的咖啡变凉的时间相等。

你眼看着电梯在你面前关上了门，它一定是直通最高层，而且一定是边走边停。

洗澡时，当你的身体完全浸入水里时，你的电话会响起。

修车时，当你的双手涂满机油时，你的鼻子常会开始发痒。

在车间里，任何零件一旦掉落，它总能找到最隐蔽的角落。

当你出糗的时候，你遇见熟人的可能性要比你遇见陌生人的可能性大得多。

如果你对今天迟到的解释是因为昨天工作太疲劳了，到了明天早晨，你会觉得更加疲劳。

当你感觉身体有问题，你约了个时间去看医生。到了约定的时间，如果你按时赴约，你会发现你的身体好多了；如果你不能按时赴约，你会发现你的病情严重了许多。

当你试图向不耐烦的维修人员证明你的机器有故障的时候，你的机器会工作得很好。

幽默逗人的小孩子笑话

有一天，冰冰突然对属相很感兴趣。她问爸爸：“爸爸，你究竟属什么？”爸爸说：“我是十二生肖中唯一可以上天的。”冰冰恍然大悟道：“哦！爸爸属小鸟。”

儿子小时候在城里长大，好多动物只在书上或动物园里见过。两岁那年我带他回农村，看到了一头毛驴，就问儿子：“这是什么呀？”儿子把驴从头看到尾，最后看着毛驴的两只大耳朵，肯定地说：“大兔子。”

3岁的可爱小侄儿超能吃。中午吃饭的时候有青豆，下午带他玩

时，他不知怎么搞的一个劲儿打饱嗝，正要给他水喝，忽然发现他的嘴在动，好像在嚼东西，就逗他：“宝贝你藏了什么好吃的啊，给我一个好不好？”他害羞加可爱地说：“刚才打嗝打出来个豆子，等一下再打一个给你吃。”

儿子和父亲在路上散步，迎面跑过来一头牛，儿子十分害怕。父亲说：“别怕，这是牛，你不是常吃它的肉吗？”儿子说：“是的，可这牛还没煮熟呀！”

幼儿园，一男两女三个孩子玩过家家。男孩说：“我要当爸爸。”一女孩说：“我要当妈妈。”剩下的那个女孩说：“那……那我只好当小三了。”

老师为了向学生证明吸烟的害处，特意把从香烟中提取的尼古丁放在虫子身上，不一会儿虫子就死了。老师接着问大家：“你们看，这个实验说明了什么？”

同学们异口同声地回答：“抽烟肚子里就不长虫子。”

我去幼儿园接儿子，儿子说常老师布置了手工作业，要妈妈一起做。“你们老师不是姓高吗？怎么变成常老师了？”我问。他很不以为然道：“长和高不一样吗？”

AB两个小孩子正在拼爹，谁也不让谁。A：“我爸是君子。”B：“我爸也是。”A：“我爸可是正人君子。”B：“有什么了不起，我爸的地位更高，他是‘梁上君子’！”

那天放学回到家，儿子一副愁眉苦脸的样子，一看见我就说：“妈妈，你要给我做主啊，我被冤枉了！”我急忙问他怎么了。小家伙叹了一口气说：“楼下和我一个班的小胖，今天上自习课的时候，老师让他管纪律，哪个同学乱说话，就把名字记下来，交给老师。这个小胖，居然记下了我的名字！”“那一定是你乱说话了呗！”我不以为然地说。儿子立刻摇着头说：“真没说话啊，整节课我都在睡觉呢！”

带5岁的小弟去看电影，屏幕上突然出现男女主角亲热的镜头，他们把身上的衣服一件件抛到床下。我紧张地转过头去看小弟的反应。不过，情况并没有我想象的那么糟糕。只见小弟不服气地说：“哥！为什么他们可以乱丢衣服，我就不可以呢？”

“爸爸，墨水很贵吗？”“不，很便宜。怎么了？”“我打翻了一瓶墨水，妈妈拼命骂我。为什么那么便宜妈妈还发火？”“你在哪儿打翻的？”“地毯上。”

“苹果用英语怎么说？”我问。

“Apple。”侄女高兴地回答。

“香蕉用英语怎么说？”我接着问。

“Banana。”她快速地答道。

“嗯，不错啊，那小鸭子用英语怎么说啊？”

小侄女犹豫了一下，接着答：“嘎，嘎……”

今天我看见外甥光着屁股在厨房门口哭。我抱他坐我腿上玩了一会儿后问他：“为什么哭？”他说：“刚便便了没人擦……”

为了给女儿增加营养，我用烤箱做了烤鸡翅。

女儿回来后，我从烤箱往外取鸡翅，发现色泽有些不对劲，明显火候没到，自语道：“唉，这次没烤好。”

站在旁边的女儿小声对我说：“妈妈，没关系，我这次也没考好。”

儿子看动画片太投入，周末从早上看到中午，俩眼皮直打架。我就对他说：“瞧你困的，赶紧去睡会儿。”

儿子说：“我不困，我要再看会儿。”

说完，他没忍住打了个哈欠，然后赶紧给自己解释：“妈妈，我真的不困，这只是个意外。”

暑假闲着没事，我和大宝一起整理他的书柜。

发现他刚上学时写的作业：

三月八日是什么节日?

答：三八节。

五月一日是什么节日?

答：五一节。

六月一日是什么节日?

答：六一节。

朋友的女儿九月要上小学了，学校组织了入学前培训，被培训的是学生妈妈。

上学就上学呗，但朋友却紧张起来，我觉得挺逗的，回家说给孩子听，他就此事发表评论：“妈妈上培训班，小孩儿就会学习好？你们大人太天真了吧？”

同学生小孩儿，我带儿子去探望。

看到小婴儿，大家就谈论到底是像谁多些，争执不下，于是同学妈妈总结说：“五分像爸爸，五分像妈妈。”

儿子在一边感叹道：“那就是说有五分不像爸爸，有五分不像妈妈，小妹妹就是个二不像啊！”

想起前些时候大宝造的部分句子：

也：爸爸爱睡觉，我也爱睡觉。（一对懒虫！）

但是：我有一颗糖，但是被妈妈吃掉了。（妈妈有那么馋吗？）

一边……一边……：我一边看电视一边唱歌。（那听谁的好呢？）

像……像：太阳像月饼，月亮像眼皮儿。（太阳还罢了，月亮哪点像眼皮儿了？）

最绝的是这个，我认为，好好地利用，那就是攻克造句难关的一把万能钥匙：

自然：我问爸爸，自然是什么？

活动结束，老师让男孩子先上厕所，壮壮却坐在位子上一动不动。老师走过去问："壮壮，你怎么不去上厕所啊？"壮壮一脸无辜地说："老师，我是男同志！"无语……

辰辰刚上幼儿园那两天，哭闹得很厉害，现在已经完全适应了幼儿园的生活。可是有一件事情，老师今天才恍然大悟。

老师："你在幼儿园表现得很好，你喜欢上幼儿园吗？"

辰辰："当然喜欢呀！我还很喜欢老师呢！"

老师："那你为什么天天晚上回家都跟妈妈说：'明天不上幼儿园'呢？"

辰辰："因为我想要好吃的呗，我只要说：'不上幼儿园'，妈妈就会给我买好吃的啊！"

灰常爆笑的精选笑话

政治老师有一次讲课的时候说："下面我举个比方。"然后觉得不对，又说："打个例子。"

大三那年我同学去卖鱼的商场打工。客人拿了挑好的鱼，我同学很温柔地指着杀鱼台对他说："你过去，有人会把你杀掉。"

老虎不发猫，你当我是病危呀!

WOHEXIAOHUOBANMEN
DOUXIAOWAILE

上机课，一位同学机子有问题，于是大喊：“老板，换机子！”全班木然。

俺碰到一个心仪已久的女孩从澡堂里出来，想套近乎，憋了半天憋出一句：“你洗澡啊，里面男的多不多啊？”

和领导等众人喝酒，我举起酒杯大声道：“让我们同归于尽吧！”当时脑子太热了……

同学叫于京波，一日来信，宿舍门卫在宿舍门口大叫：“干凉皮——干凉皮的信！”

三男子去女方家提亲，家长：“说说各自的情况。”

A：“我有1000万。”

B：“我有一栋豪宅，价值2000万。”

女方家长很满意，就问C：“你家有什么？”

C答：“我什么都没有，只有一个孩子。现在孩子在你女儿的肚子里。”A、B无语，走了。这个案例告诉了我们一个浅显的道理，核心竞争力不是钱和房子，是在关键的岗位上，要有自己的人。

两个医生正准备给一个病人做手术，其中一个医生问另外一个

说：“肺是在心的左边还是右边？”另一个回答道：“应该是右边吧！”病人一听这话，硬撑着直起身子，说道：“看来我还是出院吧！”

赤脚大仙过生日了，每位前来祝贺的神仙都送了礼物。悟空什么都没带，于是临时变出了一双鞋子，并把它作为生日礼物送给赤脚大仙，赤脚大仙无奈地收下了。轮到悟空过生日了，赤脚大仙也送了他一份礼物，并用红布一层又一层地把礼物包裹起来，悟空把红布一层层地打开，定睛一看，竟然是把剃须刀。

一只猴子口渴得要命，正巧他遇到一匹马，马用自己的桶给他盛了一桶水，猴子很高兴。谢过马后，猴子对马说道：“你的桶真好看。”马回答道：“我的马桶当然好看了。”猴子一听，火冒三丈，对马说道：“好你匹狠心的马，我变成人都不会放过你的。”

蚂蚁头儿决定让所有的蚂蚁休息一天，可蚂蚁们不知该做什么好。这时，一只大象来到他们中间拉了一堆粪便，蚂蚁们高兴地说道：“今天可以进行爬山比赛了。”一只蚂蚁很快爬到了“山”的最顶端。这时大象还在小便，地上水汪汪的。蚂蚁禁不住高昂地唱道：“听，海哭的声音……”

班会前A提议先给大家讲个笑话，大家掌声欢迎。

A站在讲台上，竖起右手大拇指。

A：“朗朗弹钢琴那么厉害，为什么不用这根手指？”全班集体沉默……

A：“因为这根手指是我的，哈哈哈——”

A突然发觉有点不对，望向台下的B，于是全班再次集体沉默……

B走上讲台。

B：“我给大家讲个冷笑话，大家猜猜A今天穿的内裤是什么颜色？”

集体：“红色，哈哈哈！”

这次大家都笑了。

A低头，发现裤子拉链没拉，赶紧拉好了拉链。

女：“想娶我你得有房。”

男：“我没有房。”

女：“那得有车。”

男：“也没有车。”

女：“那你有什么？”

男：“我有病。”

女：“什么病？”

男：“妄想娶你病。”

一日，听到朋友与其妹吵架。其妹说：“你给我滚！”朋友说：“好，滚远了，你别叫我回来！”其妹说：“又没叫你直线滚，叫你来回滚！”

乌龟爸爸带着乌龟儿子锻炼身体——做俯卧撑。小乌龟干净利落地做了一百个俯卧撑之后，拍了拍手上的灰说：“这太容易了！”

乌龟爸爸淡淡地说道：“你做一个仰卧起坐试试！”

忙了一天终于挤上了回家的地铁，又饿又困。站在对面的男孩打开一包薯片儿吃了两片，那薯片闻起来好香，于是我很自然地（平时有和朋友抢食的习惯）拿了两片，然后俩人一起愣住！更糗的是我当时边嚼边跟他解释说：“对……对不起，我实在太饿了……”最后他在众目睽睽之下十分怜悯地把一袋都给了我。

一天我逛书店，那天光线挺暗的，听到一个小孩朝柜台里面脆生生地喊：“阿姨，我要那本《杀猪神话》。我很惊讶地朝那个阿姨看去，那个阿姨正一脸茫然地顺着小孩的手指在书架上寻找……寻找……终于，我们都看到了那本《希腊神话》。

手术室护士说：“今天有个老太太做了全麻手术。我看了下病例，她自己骑自行车摔得右股骨骨折。因为要确认患者是否清醒过来了，所以我拍拍老太太的肩膀问了句：‘醒了没？’老太太抓着我的手不放：‘就是你撞的我！’……”

一天，我到学校门口买水果。一个摊位的生意特别火，我过去看了看。走近听到摊主在喊：“橘子大减价啦，一块钱两斤，两块钱三斤，三块钱四斤……五块钱六斤，快来买呀！”一群大学生，全都在买五块钱六斤的。

和老爸聊天，帮他处理电脑问题，于是使用了远程访问，后来没有关。我跟老爸说：“爸，我想买个电子阅读器看书。”于是我看到了爸在那边打字：“要多少钱啊？”然后逐字删掉，换上另一句话：“买呗！”

小橘子一蹦一跳地跑回家对爸爸说：“爸爸，爸爸，我明天要参加围棋决赛啦。”“是吗？你的对手是谁呀？”“是隔壁班的猕猴桃呢。”橘子爸爸的神色忽然凝重了起来，缓了缓说道：“可不能轻敌呀，听说他们都被称为奇异（棋艺）果呢。”

我每天的状态都很有规律：上午一副没睡醒的样子，下午 副睡不醒的样子，晚上一副打了鸡血的样子。

有趣爱情短信笑话

如果天上落下一滴水，那是我想你而流的泪；如果天上落下两滴水，那是我爱你而心醉；如果天上落下无数滴水，那则是……别瞎想了，下雨了！

你我都是单翼的天使，只有彼此拥抱才能展翅飞翔。我来到世上就是为了寻找你，千辛万苦找到你后却发现：妈呀！咱俩的翅膀是一顺边的！

亲爱的，告诉你，年龄不是问题，身高不是距离，体重不是压力，金钱不是能力。所以我一定要永远和你在一起！天天快乐着！

今晚我托一只蚊子去找你，让他告诉你我很想你并请它替我亲亲你，因为现在我无法接近你，希望你不要烧蚊香，蚊子会告诉你我多么爱你！

据说最早的爱情诗是这样写的：你来自云南元谋，我来自北京周口，牵着你毛茸茸的小手，轻轻地咬上一小口，啊！是爱情让我们直立行走。

可爱的你偷走我的情、盗走我的心，我决定告你上法庭，该判你什么罪呢？法官翻遍所有的犯罪记录和案例，最后陪审团一致通过：判你终生归我。

如果没有花朵，春天将会寂寞，如果没有激情，四季将会平庸，如果没有我，你将会失去一个最关心你的人！如果没有你，小兔会问："我该和谁赛跑呢？"

如果我是狐狸你是猎人，你会追我吗？如果我是茶叶你是开水，你会泡我吗？如果我是汽车你是司机，你会驾（嫁）我吗？如果你是钱我是存折，我一定会取（娶）你的。

WOHEXIAOHUOBANMEN
DOUXIAOWAILE

个性俏皮的签名、qq空间雷语

1.

有些人是拥有超能力的，我的超能力就是超级找不到东西。

2.

都说早起的鸟儿有虫吃，我早早地起来，竟然发现自己是条虫……

3.

男人分四种：一种聪明，一种英俊，一种既不聪明也不英俊，我是第四种。

4.

贪心使人进步！欲望造就成功！

5.

用鸡血的态度，面对狗血的生活。

6.

刚看完3D版泰坦尼克号，就在散场的时候，一个二货大声喊："让妇女和孩子先走！"

7.

我给手机里的每个人都设置了来电铃声，爸爸是《爸爸的草鞋》，妈妈是《听妈妈的话》，老婆是《盗梦空间》。

8.

大学是恋爱的温床，拉下毕业的帷幕就成了恋爱的灵堂。

9.

不能做胶囊的果冻不是好皮鞋!

10.

其实失眠是对回笼觉的报复。

11.

我一直都是一个深沉的人：黑眼圈深，眼袋沉。

12.

小的时候，我们都是祖国的花朵，随着时间推移，有的人开了花

有的人结了果，有的人开枝散叶，还有的人桃李天下。可偏偏就有这么一小撮人，他们最后长成了奇葩……

13.

想想当初都是谁把我们带上了上网这条不归路的。

14.

《泰坦尼克号》我小时候就租碟子看过了，你们怎么现在才看？！剧透一下，最后男主人公其实没死……只是泡肿了，还演了《禁闭岛》《盗梦空间》等电影……

15.

我交了钱来上学，我有事不能上课，你凭什么不让我请假，现在的老师就是摆不正自己的位置，你以为我们是企业员工吗，我们是顾客。

16.

要不是我自幼习武，怕输了丢脸，我就动手打你了。

17.

黄瓜必须拍，人生必须嗨。锄禾日当午，欢乐斗地主，四二带俩王，姐就这么狂。

18.

今后的路，我希望你能自己好好走下去，而我，坐车。

19.

常在家说明生活美满，常出门说明兜里有钱，常收短信说明人缘兴旺，常发短信说明重义情长！

20.

你的手机比话费还便宜。

21.

爸爸就像亲人一样爱我！

22.

天下之大哪有你这样的芳草?

23.

“如果明天就是世界末日，为什么今天就有人想自杀？”回答：“去天堂占位置。”

24.

爸：“你只知道花钱，可你知道钱得来不易吗？”

我：“怎么不知道？每次向你要钱都要听一番教训。”

25.

钱如果花了那就是钱，如果不花……那就是纸……

26.

某日发现手机不见了，翻遍包包以及屋中各个角落，未果。遂郁闷

地跌坐地上，从口袋中掏出手机，给大家群发短信：“我手机丢了。”

27.

提问：“为什么暑假一定比寒假长？”回答：“因为热胀冷缩。”

28.

在餐馆点的是黄瓜皮蛋汤，结果上来的是“黄瓜皮+蛋汤”。

29.

江湖传闻：琼瑶阿姨要写还珠格格姐妹篇——《施瓦辛格格》。

30.

灵感不是曹操，说来就来。

31.

今天天气不错，又刮风又下雨的。

32.

作为失败的典型，你实在是太成功了！

33.

三个皮匠的脚臭死一个诸葛亮。

34.

在这个红叶枫了的金秋……

35.

再烦我就把你绑在草船上借箭去！

36.

风萧萧兮易水寒，欠了钱兮你要还！

37.

这鞋多少钱一斤？

38.

少林寺四大高僧：圆通、申通、汇通、中通。方丈：联通。

39.

我什么都有了，金钱、地位、美女……结果被我老婆发现了。

40.

男人的六块腹肌就像是一张EXCEL表格，很容易就会合并单元格成为啤酒肚。

41.

上不去的是成绩……下不去的是体重……

42.

一直为你加油，那是因为你就是根老油条，捞不出来了。

43.

闰土是闰土，闰土夫妇是闰圭，闰土一家三口是闰垚，闰土小三是润土。闰土长子是闰坴，次子是闰圣，老三是闰圳，闰土全家是闰闺。

44.

女孩找老公攻略：偶尔主动，偶尔被动，不要冲动，尽量伺机而动，就算你蠢蠢欲动，也要假装按兵不动，那样才会让男人怦然心动。

45.

谁也不能阻挡酱油党的脚步了，入我酱门者，可感悟酱之大道，修酱之本源，凝酱之真身，成酱之真神，天上地下唯酱独尊，唯酱不灭，为酱之荣耀，我辈酱士何惜一战，酱定胜天，复我酱之无上辉煌！南无阿弥酱油佛！

46.

A：“此仇不报，很难咽下这口恶气啊！”

B：“那怎么才能让你咽气啊？”

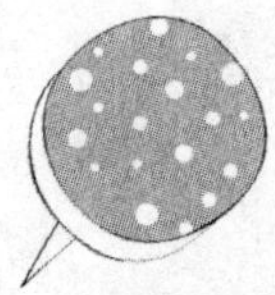

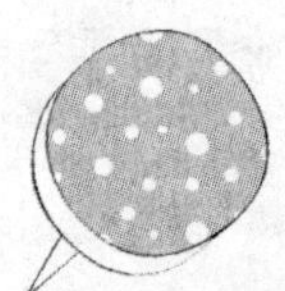

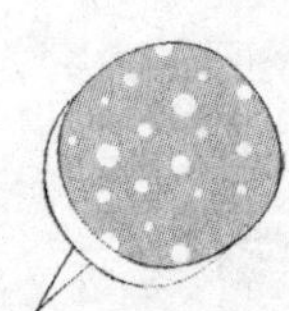

2013最新爆笑小笑话

狗狗恋爱了，但是它很担忧，因为它不知道对方喜不喜欢——吃屎的男人。

猫咪恋爱了，但是它很担忧，因为它不知道对方喜不喜欢——长胡子的女人。

蔚蓝的大海，像放了洁厕灵一样……

我学的是神圣的知识，你们居然拿分数来衡量，这简直是对学术的玷污，简直让人无法忍受！

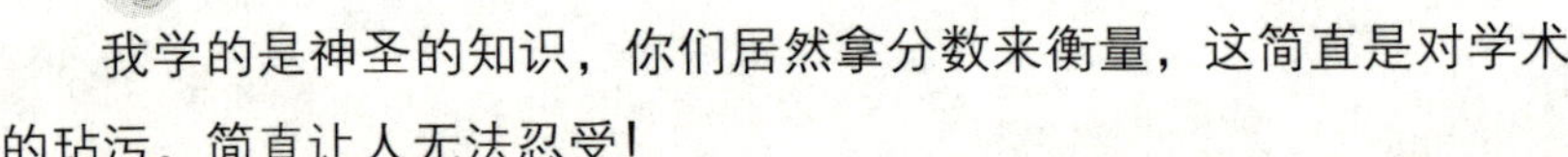

床，请自重，放开我！我可是有课的人！

有人请客，局长欣然前往。酒至半酣，局长有事先走了，打电话让司机在楼下等他。一小时后，司机闯进包厢，说：“等这么长时间了，局长怎么还不下来？”众人边摇头边找：“不可能，会去哪儿了呢？”最后找到洗手间一看，局长端端正正坐在马桶上，看见司机就嚷：“小李啊，你跑到哪儿去了？我在车上都等了一个多小时了。”

小时候每当我伤风，母亲都会为我冲一杯咖啡。她温柔地说：“外国人都是这样的。”可我总是害怕咖啡的味道，酸甜苦涩交错。如今我走遍两岸上岛、星巴克都见不到小时候喝的那个牌子，还依稀记得它有一个很洋气的名字：板蓝根！

那天打的，司机师傅放了盘磁带，只有一声声的“啊”，实在单调难听。听了一会儿，我忍无可忍，委婉地问师傅：“你听的是江南小调吗？”师傅兴奋地说：“这是我女儿在练声，我想她的时候就听听。”我说：“你姑娘的嗓子真好听。”师傅激动地开大了音量……

昨天回家，路遇一个十几岁的女孩子。那女孩看见路上的男孩，就追着喊：“求求你娶了我吧！”突然冲出一个少妇，拉走女孩，边

走边说：“就算你结婚，你还是得上学。”

警察看到街上几个年轻小伙儿在一路狂跑，感觉有情况，便在后面大喊：“站住！”结果几个小伙儿反而跑得更快了，警察一边报告，一边骑车拦截。不一会儿，一群警察把他们围住了，大声斥问：“这么晚了，为什么在街上跑？让你们站住，为什么还跑？”一小伙子气喘吁吁地说道：“警察叔叔，宿舍还有5分钟就要锁门了……”

办公室里三位已婚女同事每天谈论的话题总是离不开老公和孩子。一天，一未婚男同事终于忍不住插嘴说：“几位大姐，拜托你们能不能说点别的呀？”稍微停了一会儿后，只听其中一女同事说：“我婆婆呀，要多气人有多气人……”

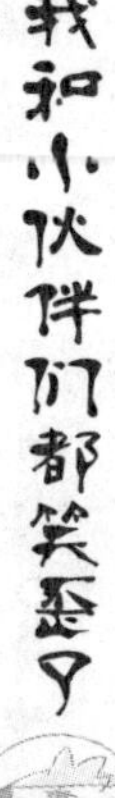

千奇百怪吝啬鬼

小气鬼想给过世的父亲画张像，可是老人家在世时没留下相片。画匠叫他找个相像的人来照着画。小气鬼去集市找了好几回，才瞅着个要饭的，跟他父亲长得差不多，便请到家中，好吃好喝好穿好招待，并说好每天三吊钱，让画匠照着他画像。画了十天，画像成了。要饭的讨要工钱，小气鬼变脸了："你一个讨饭的，每天啥活不干，光在圈椅上坐着，好吃好喝享尽福，还想要工钱！"小气鬼黑下脸来就是不给。

要饭的一气之下，穿着画像时的衣服，还偷了一副被褥溜了。春节，小气鬼和前来串门的亲戚向父亲画像跪拜磕头。行礼毕，大家随口称赞道："他老人家真是慈眉善目，满脸福相呀！"小气鬼却指着画像骂道："我一瞅这狗日的就生气！我好吃好喝待承他，可这厮临走还穿了我一身好穿戴，卷了我一副好铺盖。真是个没良心的贼！"

抠门儿的地主正坐在屋里吃点心，一个长工推门进来，地主连个话都没有。长工便坐在他对面说道：“老掌柜，我昨天下午在地里刨出个瓦罐，里面装满了……好像是白铁疙瘩……”地主一听，心里就喜欢，顺手给了长工一块点心。长工吃完点心继续说：“我仔细一看，不料竟是银子……”地主听到这里，更是高兴，赶忙又递给长工一块点心。长工吃了第二块点心，嘴凑到地主耳旁说：“我把那罐银子用棉袄一裹，用胳膊一夹，一直往回跑，准备到家分给老掌柜半罐……”地主高兴地连点心盒都塞到长工手里。长工吃完点心，拍了拍手，不慌不忙地说：“我抱着银子罐正迈步进门，不料被咱的高门槛绊倒，把我给惊醒了。”“啊！原来你在说梦话呀！”地主气得两手打颤，一把夺回点心盒子，可里面一块点心也没有了。

吝啬鬼请客，老不想给客人盛第二碗。当客人吃完第一碗时，吝啬鬼装作没看见，一直和别人聊闲话。客人不好意思说要吃第二碗，便用筷子敲着空碗说：“哎，我家门前有棵楸树，有碗口这么粗了，我想便宜卖了，你们看看，谁要？”大家朝他的空碗一瞅，不约而同都往吝啬鬼脸上看，吝啬鬼只得给他添上第二碗饭。这时吝啬鬼说：“你那棵楸树我买啦！”客人说：“咱现在能吃饱，树不卖了！”

父亲刚过世，小气的甲想找个道士超度亡魂。

道士索价一千元，甲杀价成八百元，道士也同意了。

于是道士诵曰：“请魂上东天啊，上东天……”

甲好奇道：“为何不是上西天？”

道士说：“一千元上西天，八百元只能到东天！”

甲无奈，只好同意付一千元。

道士便改口：“请魂上西天啊，上西天……”

这时棺材里传来甲父亲的骂声：“你这不孝子，为了区区两百块，害我跑来跑去。”

医疗工具也搞笑

心电图：走过的道路虽曲折，但这是一条通往健康的路，需要每个有心之人去关心爱护这条路。

麻醉剂：工作起来能让人“肉麻”，能让人们暂时忘掉疼痛。

血压计：稳定压倒一切，尤其不怕压力，为人们的健康提供可靠的信息。

体温表：经常被人“挟持”，但却无怨无悔，因为只有这样才能

亲身体验到什么是“发烧友”。

绷带：只要有人出“封口费”，乐意层层承包，一包到底。

针灸：出生以来就喜欢“走穴”，既治病，又赚钱。

B超：人心隔肚皮，唯有俺能看透一个人。

酒精棉球：能杀菌消毒，唯一缺点就是工作期间爱喝点高度酒，还爱与人制造点小摩擦。

注射针头：工作“扎”实，爱吃荤，尤其喜欢吃肌肉。

250mL注射液：虽然名字有点二百五，却能身居高位，“输”得起，放得下。

手术刀：不轻易开口，但只要开口，绝对是吃荤不吃素。

担架：架子不大，但很受人“抬举”。

煎药机：不怕吃“苦”，能经受水与火的考验。

创可贴：敢于撕破“脸皮”做表面文章，最贴近病人。

救护车：时间就是生命，每天都在和生命赛跑。

有趣的字母、符号小笑话

V对W说：“做单身贵族挺好，何必一根线拴俩蚂蚱？”

D告诫B：“怀孕可不能紧系腰带！”

U对A说：“为了坐第一把交椅，竟把脑袋削得尖尖的，何苦呢！”

I介绍K：“这是我的野蛮女友，玩跆拳道的。”

W和C相拥而泣：“分手吧，以后名声就不臭了……”

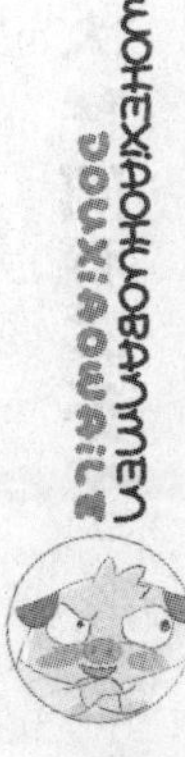

I对S说：“夸什么曲线美，伸直了还不都一样？”

R对P说：“长得肥头大耳的，下面得用个东西撑着，不然，身体就会失去平衡了。”

P对B说：“‘隆胸’挺好，还炫耀将军肚干什么？”

E对F说：“大冬天咋不穿个鞋再出来？”

Q对O说：“头发少就梳小辫儿吧，你看我，酷不？”

A对V说：“兄弟，还练倒立呢，裤带掉啦！”

C问G：“做心脏搭桥了？”

$对S说：“在俺们国家，有钱没钱看领带。”

￥对Y说：“在俺们国家，有钱没钱看裤带。”

a对@说：“别跟我装大尾巴狼行不？”

Z对N说：“孩子他爹，老趴着睡觉，多累呀！”

D对P说：“姐们儿，咱这体形，还是照半身像吧！”

I对T说：“哥们儿，扛个杆儿去哪儿呀？”

V对X说：“两口子有话好好说行不，顶啥牛哇？”

I对H说：“两口子也太懒了吧，那么小的孩子也抬着走？”

WOHEXIAOHUOBANMEN
DOUXIAOWAILE

看了就想笑的爆笑动物笑话

一、动物演讲

1.

乌鸦：“其实俺挺喜欢演讲的，可俺就是记性不好，每次演讲开场白那个‘啊——’讲过后，后面的词就忘了，难怪人们都不喜欢俺演讲，非常难听。”

2.

鱼：“俺不善言辞，因为俺懂得沉默是金，俺更懂得会说的不如会听的。不少网友上网聊天时都喜欢潜水，说实话那都是跟俺学的。”

3.

公鸡："俺演讲就一句话，而且喜欢在天亮时演讲，这一独特的演讲词既是俺经典的开场白，也是催人奋进的结束语。"

4.

狗："知道俺演讲时为什么一直重复着一个字'汪……汪……汪……'吗？其实是有原因的，俺是文盲，长这么大就认识这一个字，当然演讲时也就会讲这一个字，一个字的演讲，让俺很难为情。"

5.

蝉："演讲时声音洪亮是对演讲者的最基本要求，俺一直做得比较好。作为一名成功的演讲者，俺不赞成低调，俺天天在倡导高调，俺演讲时能做到几十秒不换气，这一特长很值得每一位演讲者学习。"

二、临近3.15，动物们最近频频举报：

1.

狐狸最近的日子不好过，在电视台被老虎曝光，经常利用老虎的声威招摇撞骗。同时，鸡也作为第二原告，举报狐狸经常晚上来拜访自己，不安好心，坊间流传，老虎与鸡达成某种协议，一时真假不分，动物界都很迷茫。

2.

羊举报狗肉经销商，控告对方挂着自己的头，卖的却是狗肉，损害自己的名誉。

3.

某部门收到匿名举报信，说狼用羊皮作伪装，假装温柔善良，但四处为害，有歌词为证：我确定我就是那一只披着羊皮的狼。

4.

广播电台直播间里，孔雀声泪俱下，指责饲养自己的鸡大量投放含有色素的食物，涉及孔雀绿、苏丹红等，致使自己的羽毛颜色多变，基因变化，损害身体健康。

5.

长颈鹿控告增高医院：增高不应该是增脖子。狼医生面对众人，如此解释：我们的广告是增高，并没说增哪个部位。

三、动物界也不靠谱：

1.

萤火虫：没有危机意识，缺乏消防观念，涉嫌故意纵火罪。

2.

狗：逮耗子，涉嫌违规执法，被老猫告上法庭。

3.

鹦鹉：非法模仿，混淆原声，被告侵权。

4.

猴子：胆大妄为，自立为王，被度假回来的老虎逮了个正着。

5.

癞蛤蟆：自不量力，想入非非，被天鹅小姐指控为性骚扰。

6.

蜘蛛：随意建造网站，过度占用网络资源，被网协起诉。

7.

熊猫：上班描眉弄眼，不务正业，被狗熊老板列为被炒对象。

8.

长颈鹿：脖子长，见得远，有偷窥他人隐私嫌疑。

9.

鲤鱼：不安于现状，上蹦下跳，被水族列为最靠不住的员工。

10.

刺猬：近不得，远不得，有名的刺儿头，早被划入“剃头”之列。

11.

猫：教徒弟留后手，师德败坏，被老虎告到法院。

12.

蜗牛：拒不拆迁，被列为最牛的钉子户。

13.

乌贼：水底吸烟，污染水源，惹起水族公愤。

14.

斑马：非法文身，有碍马容，被白马告发。

四、哲理动物笑话

1.

两只青蛙相爱了，结婚后生了一个癞蛤蟆。公青蛙见状大怒说：“贱人，怎么回事？”母青蛙哭着说：“他爹，认识你之前我整过容。”（爱情需要信任）

2.

鸭子和螃蟹赛跑，一起到达终点，难分胜负，裁判说：“你们来个剪刀石头布吧！”鸭子大怒：“拉倒吧，算计我？我一出是布，他总是剪刀。”（比赛需要天赋）

3.

狗对熊说：“嫁给我吧，嫁给我你会幸福。”熊说：“才不嫁呢，嫁给你只会生狗熊，我要嫁给猫，生熊猫那才尊贵呢！”（婚姻需要理智）

4.

老鳖调戏河蚌，被咬，老鳖忍痛拖着河蚌来回爬，青蛙见了敬佩地说：“乖乖，鳖哥混大了，出入都夹着公文包。”（该装的时

候得装）

5.

一壁虎误入鳄鱼池，即将丧命之时，壁虎急中生智，一把抱住鳄鱼大叫：“妈妈！”鳄鱼一愣，立刻老泪纵横：“都瘦成这样了，别再上班了！放假吧。”

WOHEXIAOHUOBANMEN DOUXIAOWAILE

非常逗人的男女笑料

一女生贴出自己的照片并说：“经过深思熟虑，我决定不考研了。现征男友一名，一起奋斗！”好友一致回复：“别想不开了，您还是考研吧！”

男孩对女友说：“抱歉，最近都对你不好！有什么可以补偿你的吗？”

“哼，那你今晚带我去电影院啦。”

“没问题！我保证你看完了我会来接你的！”

一个漂亮美眉走进酒吧找了个角落坐下，侍者问："请问要点什么？"

美眉道："我刚才进来的时候有没有男人看我？"

侍者感到很奇怪，答道："没有。"

美眉说："看来没有人给我埋单了，来点便宜的吧！"

有个不务正业的男青年迷上了一位漂亮姑娘，并频频向她求婚。姑娘见躲不过他，便不屑地说："想要我嫁给你，除非天上没了太阳和月亮！"男青年听了，高兴地抓住姑娘的手："你的意思是，只要一阴天，你就嫁给我？"

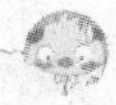

晚上，丈夫看见茶几上放着两盒巧克力，问老婆："是给我吃的吗？"

老婆说："这是我特意给你买的。我对减肥已彻底失去信心了，还是给你增增肥吧，好让咱俩显得更般配些。"

新婚的妻子问："如果我和你妈同时掉进河里，你会先救谁呢？"

丈夫说："你第一次问这样的问题我就原谅你吧！只有那些外表颇有姿色的女人才会问这样的问题，像你这种有智商的女人怎么会问这样的问题呢？"

老公和老婆吵架，让宠物狗帮助老婆去咬老公的腿。

事后，老婆觉得自己错了，想给老公道歉，但不好意思开口，就写了个纸条：“我错了，请原谅！”

老婆让宠物狗把纸条叼给老公，老公看了纸条，深情地抚摸着狗狗的头：“在这个家里，还是你理解我啊！”

新婚不久的同事正向大家汇报蜜月之行，一个陌生电话打过来。

同事挺礼貌地问：“你好，请问哪位？”

那边沉默了一会儿：“我呀，我是你爸。”

同事一听，声音根本不对，顿时火了：“我还是你爸呢！”挂了电话。

半分钟不到，媳妇的电话来了：“你咋对我爸那样说话呀，离婚！”

一对结婚两年的夫妻不孕不育，于是去咨询医生。医生问他们：“在结婚前吃过避孕药没有？”这对夫妻回答：“吃过一次。”医生沉思了一会儿说道：“那可能是你们吃的避孕药保质期为三年，你们再等一年就可以生小孩了！”

我念大二，男生缘不错。我妈老怀疑我交男朋友了并且不告诉她。昨天我买了瓶谷维素（助眠药物），下雨打湿了，我就把商标撕了。我妈看见了夸张地问我：“这是什么药啊？不是避孕药吧！”我

很激动地说："不是！可能吗！避孕药有瓶装的吗？"沉默30秒后，我妈和我都不淡定了！

一家三口外出旅游，那天烈日当空，非常热，儿子用手扇着风，气呼呼地说："妈妈，今天怎么这么热？"

老婆："谁让你穿这件黑色衣服出来，黑色吸热。"

老公："不怪那个，我穿的白衬衣也热啊。"

老婆："你长得黑，也吸热。"

老婆："你说咱家谁是一家之主？"

老公："这还用问吗？当然是老婆大人您啦！"

老婆笑笑说："那你呢？"

老公："我就应该比你差一点了。"

老婆怒道："啊？差一点是什么意思？难道你想当一家之王？"

最近家里买了一套卡拉OK设备，这几天晚上吃完饭一家三口没一个愿意去刷锅洗碗。老婆建议道："要不这样吧，每人唱一首歌，让卡拉OK打分，谁唱的分最低，谁刷锅洗碗，怎么样？"我和儿子都说这个方法好。三首歌唱完，儿子得了最高分，老婆得了最低分，我得了个中间分，心想，这下轮不到我去刷了，就在一边得意地笑。谁知，老婆却大声地说："我宣布，去掉一个最高分，去掉一个最低分，本次洗碗的是你爸爸。"

丈夫是家常菜。只有他是属于你的，别有风味。别人无论怎么模仿，也模仿不来。最让人高兴的是，这道菜完全由你做主。

男朋友是整整一桌子菜。甜得发腻的有，咸得掉牙的有，苦不堪言的有，酸得皱眉的有，一不小心，吃得让你痛哭流涕的也有。总之，就是一个让你在短时间内体验到人生五味的家伙。

追求你的男人是样品菜。他把自己最灿烂、最辉煌的那一面展现给你，让你分不清他到底是什么原料。既有可能是珍贵的海鲜鲍翅，也可能是平常的萝卜白菜，这就要靠你自己分辨了。别被金灿灿的外表迷惑了，还要记住一句名言：只选对的，不选贵的。

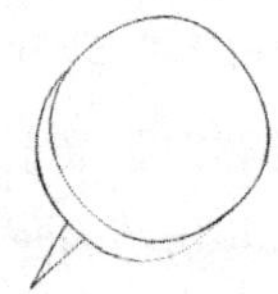
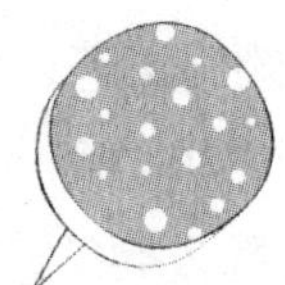
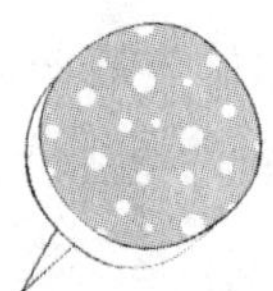
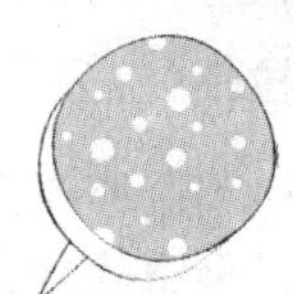

练嘴皮子的搞笑绕口令

菇乡菇棚架，架架挂南瓜。菇棚挂瓜，挂瓜棚架。棚棚菇架挂南瓜，只只南瓜挂棚架。架挂瓜，瓜挂瓜，架架棚上瓜挂瓜，瓜挂瓜棚棚挂瓜。风刮菇棚瓜，瓜碰菇棚架，架碰棚上瓜，不知是瓜碰了架上瓜，还是架碰了瓜边架。

粉红墙上画凤凰，凤凰画在粉红墙。红凤凰，粉凤凰，红粉凤凰，花凤凰。红凤凰，黄凤凰，红粉凤凰，粉红凤凰，花粉花凤凰。

初八十八二十八，八个小孩儿把萝卜拔，你也拔，我也拔，看谁拔得多，看谁拔得大。你拔得不多个儿不小，我拔得不少个儿不大。

一个萝卜一个坑儿，算算多少用车拉，一个加俩，俩加仨，七十二个加十八，拿个算盘打一打，一百差俩九十八。

老方扛着黄幌子，老黄扛着方幌子。老方要拿老黄的方幌子，老黄要拿老方的黄幌子，末了儿方幌子碰破了黄幌子，黄幌子碰破了方幌子。

胡子担了一担螺蛳，驼子骑了一匹骡子。胡子的螺蛳撞了驼子的骡子，驼子的骡子踩了胡子的骡蛳。胡子要驼子赔胡子的螺蛳，驼子要胡子赔驼子的骡子。胡子骂驼子，驼子打胡子，螺蛳也爬到骡子头上去啃鼻子。

白老八门前栽了八棵白果树，从北边飞来了八个白八哥儿不知在哪儿住。白老八拿了八个巴达棍儿要打八个白八哥儿，八个八哥儿飞上了八棵白果树，不知道白老八拿这八个巴达棍儿打着了八个白八哥儿，还是打着了八棵白果树。

婆婆和嬷嬷，来到山坡坡，婆婆默默采蘑菇，嬷嬷默默拔萝卜。婆婆拿了一个破簸箕，嬷嬷带了一个薄笸箩，婆婆采了半簸箕小蘑菇，嬷嬷拔了一笸箩大萝卜。婆婆采了蘑菇换饽饽，嬷嬷卖了萝卜买馍馍。

职场小笑话

同事甲：“真累啊！经理又给我加活了！”

同事乙：“上班族就这样！拿着包月的工资，干着不计流量的活！”

员工：“老板，您把我的工资再涨涨吧，我老婆说我的收入太少，没法再和我在一起，她要离婚。”

老板：“我要是你的话，我会考虑趁这个机会再找一个会过日子的老婆。”

报社招聘记者，面试那天，应聘者纷纷打来电话，说保安不让进

大楼，希望报社能派人下去接一下。考官答复：如果这都对付不了的话，还是别做记者了。一番各显神通之后，大部分应聘者都进来了。后来，翻墙进来的成了狗仔队；讲理进来的成了评论员；软磨硬泡进来的去跑采访了；硬打进来的，顶替了保安。

中午大家都吃饭去了，只有一位同事还在工作，这时经理进来了。

同事：“经理，你应该给我涨工资啊，我吃饭时间都工作！”

经理：“我不扣你的工资就不错了！工作效率这么低！”

电台大楼前有些停车位，是专门留给来宾用的，可是常常被员工占用，使来宾无处停车而造成困扰。老板让人贴出了一张告示，上面写：此车位为来宾专用，如果你想成为来宾的话，就请继续在此停车。

公司有个设计图急需发给甲方，不巧公司的网络坏了，甲方来了好几个电话催，老板只好拷在U盘里让我送给甲方。老板叮嘱我赶快送过去，路上不要耽搁！当我接过U盘时，我震惊了！只见U盘上插着三根鸡毛！

有关猪八戒的歇后语

- 猪八戒走路——左右摇摆。
- 猪八戒掏耳朵——里面有货。
- 猪八戒吃屎——贪污。
- 猪八戒摆酒席——硬装阔佬。
- 猪八戒唱歌——假装艺术家。
- 猪八戒挨宰——肥了。

猪八戒调戏嫦娥——也不掂量掂量自己。

猪八戒骑驴——一对牲口。

猪八戒背媳妇——费力不讨好。

猪八戒绣花——硬装巧手。

猪八戒照镜子——里外不是人。

猪八戒下棋——准输。

猪八戒耍耙子——就会一手。

猪八戒吃食——难听。

猪八戒戴花——臭美。

最新的爆料，冷得你满头冒汗

1.

我和女友用砂锅在家炖鸡吃，女友看着砂锅里的鸡，问道：“你不是生物系毕业的吗？这世上到底是先有鸡，还是先有蛋？”我说：“先有蛋吧！”女友问：“那蛋从哪儿来的？”我接着改口：“那就是先有鸡！”女友不依不饶：“那鸡从哪儿来的？”我一下子被问蒙了，一时间哑口无言。最让我气愤的是，女友端起盛着鸡肉的砂锅狠狠摔在地上，可怜的砂锅四分五裂了。我无奈地问道：“你这是干什么？”女友貌似一肚子委屈地吼道：“我就想知道到底先有鸡，还是先有蛋，所以要打破砂锅问到底！”

2.

一天和朋友逛街，遇到辆敞篷法拉利，那叫一个拉风，我说：

“太帅了！”我朋友说了句：“根据我这么多年的赏车经验，我一眼就看出这辆车是二手QQ掀掉天花板改的，很明显嘛，因为轮胎数量都是一样的。”我一路无话。

3.

前几天，哥几个下班去一个水饺店吃饺子，点了三种馅的水饺，各半斤。过了一会儿服务员端了一盘饺子上来，一哥们儿问这盘是什么馅的，只见服务员淡定地拿起筷子，吃了一个，说：“韭菜大肉馅的。”

4.

“110吗？快来人呐！出事了！”“您好，请问您有什么紧急情况？”“两个男孩都要和我谈恋爱，打起来了！”“那……这……这……”“快点来呀！胖的那个要打赢了！”

5.

今天我和餐厅的小服务员开了个玩笑。我自己去餐馆，要了6个馒头，服务员问我：“现在上还是等人齐了再上？”我说：“现在就上，就我自己。”服务员说：“你一个人吃6个？”我说：“是啊，你们城里东西太贵，吃个半饱算了。”

6.

盗贼闯入一家银行，发现里面只有一名出纳正在埋头对账。于是就把他绑起来，塞住嘴，然后把钱往袋子里装。完事后，盗贼正要离开，这时他们听到被塞住嘴的出纳发出声音。盗贼把塞在他嘴里的东西拿掉问：“你要说什么？”出纳道：“你们把账单也拿走吧，这账

根本就对不上！”

7.

一个拳击馆马上要开业了，朋友们前去参观，大家都指着门口的“欢迎下次光临”说：“太文气了，换一句有行业特色的。”开业那天，大家发现改成了“有种你再来”！

8.

文具店里，来了对老夫妻，老头拿起一盒印泥看了看，说：“买一个吧。”老太婆诧异道：“买这个干什么？”老头道：“写遗嘱按手印用得着。”

9.

一家酒店里，有个男顾客要了一杯酒，举起酒杯一饮而尽，又从钱包里抽出一张50元的纸币放在柜台上，然后急急忙忙地走出去了。卖酒的服务生赶紧抓起那张纸币塞进自己的口袋里，可他抬起头来时，却见老板正盯着他看。于是他赶紧上前解释说：“老板，您看见刚才出去的那个人了吗？他要了一杯酒，给了我50元的小费，但他急急忙忙地出去了，忘了给酒钱！”

10.

父子两个人，一个扛着大锄头，一个扛着小锄头，到地里锄草。没一会儿，听到远处一阵锣鼓唢呐声，原来是村里有人娶媳妇。儿子放下手里的锄头，红着脸跟父亲说：“爹，我今年都二十了。”父亲望着儿子道：“噢，那明天换个大锄头。”

11.

雷人的面试：

“一个月不给你工资怎么办？”

“没事，应该和公司共渡难关。”

“三个月不给工资呢？”

“我家在本地，生活没问题，与公司共患难。”

“半年呢？”

“我平时也写东西赚稿费，钱不要紧，关键是事业……”

“那一年都不给你工资呢？”

“那我就习惯了，不给就不给吧。”

12.

早上去买包子，见一姑娘急匆匆跑过来，语速极快地说：“老板给我来五个包子，三个牛肉的，一个韭菜鸡蛋的，一个鸡汁灌汤的，还有一杯紫米粥。记得今天给我吸管啊，昨天没给，可把我烫死了。算了，把牛肉的换成三鲜的吧。哎呀！班车来了我不要了！”老板还没来得及反应，姑娘已经不见了……

13.

“把手机交出来！”我用枪指着美女的头，美女胆战心惊地从包里掏出手机，我淡定自若地把自己的手机号码输入进去：“记得Call我，希望能做个朋友。”然后把手机还给她，扬长而去。

14.

“悟空，你看这位女施主，面容秀丽诱人，还会和为师探讨生活小常识、星座运程、成功学箴言、两性情感，怎么可能是妖怪！你多

虑了。”“师父，这妖怪叫高级僵尸粉。”

15.

有一个同学小名叫大宝，因为人们都叫他大宝所以大名反而被忽略了。时间长了，有一个老师问其他班同学说：“大宝大名叫什么？”只听该班同学有一个说：“叫‘SOD蜜’。”

16.

一位年轻人问禅师，为何爱情的烦恼他放不下。禅师给了他一个茶杯，然后在杯中倒入热水，年轻人感觉到烫，一松手杯子掉在地上。禅师道：“不是你放不下，只是没痛进心里。”

17.

昨晚做梦，穿越到了古代。然后家里来了一群江湖好汉，说要我加入他们去闯荡江湖，行侠仗义！结果刚出家门没多远，我双手抱拳恭敬地对老大说：“大哥，我手机充电器忘带了……”

18.

今天学校的两个男生在学校门口打架，打得热火朝天，谁也不敢上前拉开。过了一会儿，不知道谁的手机飞了出来，又过了一会儿不知道谁的钱飞了出来。这时一哥们儿来了一句：“真牛，又爆装备又爆金币……”

19.

警官向部下发火：“你们四个人竟然抓不住一个罪犯，简直是饭桶！”“报告长官，虽然我们没有把人带回来，但我们把他的指纹带

回来了。”“在哪儿？”“在脸上。”

20.

一个老汉第一次坐飞机，他双手猛拍飞机窗户，空姐连忙上前阻止并问道：“您想干吗？”老汉道：“这窗户咋打不开！我想吐口痰！”

21.

小卖部里出来一对情侣，一人一瓶冰红茶。正当我也准备过去买水喝的时候，女的在后面喊男的：“喂，这上面写再来一瓶是啥意思？”男的头也不回，说：“不知道。”于是，女的随手把瓶盖扔地上了。这一幕被我看到，以为碰见俩白痴。待他们走远，我急忙跑去捡起来，又是吹，又是对着太阳看，哥看清了，四个大字：“谢谢品尝……”

22.

和朋友外出游玩，结果被大雨困在了半山腰的寺庙里，幸亏方丈好心收留我们住宿。知道朋友说话没谱，我提醒他：“你可千万别在方丈面前提什么秃子、梳子之类的词！”“你放心。”朋友冲我点点头，然后对方丈说：“方丈大师，您看我们都淋湿了，您这里有吹风机吗？”

23.

A：“明明都是生命，你为啥不吃鸡却吃鸡蛋呢？”

B：“因为鸡知道疼但鸡蛋不知道。”

A：“你又不是蛋，怎么知道不疼？”

B：“蛋就是不疼！”

A：“蛋不疼怎么会有‘蛋疼’这个词？”

24.

刚才点开这个帖子，死机了。重新启动都不行，我怀疑是硬件的毛病，拆开机箱一看，我的机箱里有不下100头牛！各位楼上的大哥大姐，别吹啦，俺家养不起这么多头牛啊！

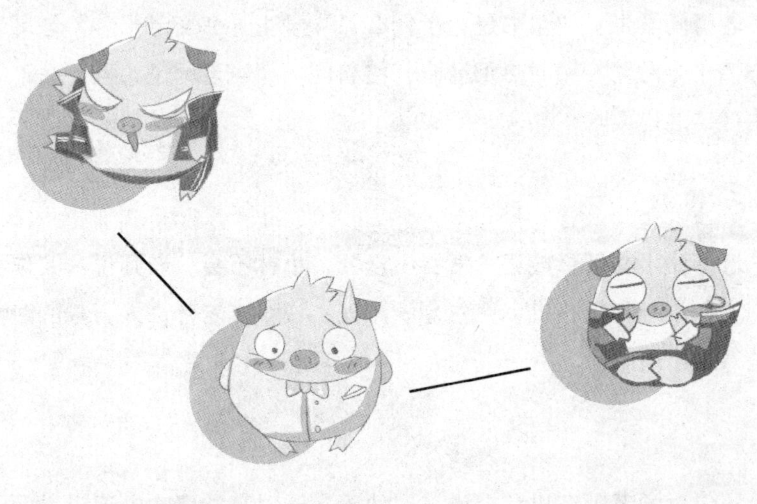

能把老师气晕过去的搞笑学生

老师问学生："读书是为了什么？"学生："当老师。"老师顿觉心情十分激动，顿时热泪盈眶，接着问："当老师是为了什么？"学生："混口饭吃。"

老师让小林解释成语"气吞山河"，小林不会。老师说："你再想想。"小林抓抓头皮，突然想了起来，说："老师，天下雾的时候就是气吞山河。"

一位哲学老师在讲台上讲："快乐在于对某种事物的追求，而不在于把它追到手。"一学生发问："那您试过在雨夜追赶最后一班公交车而没追到的那种快乐吗？”

五十多岁的老教师在教小学生认识遗传学。他露出灿烂的笑容，指着脸上的酒窝问：“你们认为我会遗传什么特质给我的孩子？”一个学生叫道：“皱纹！”

一同学晚自习睡觉被班主任抓到，被叫醒后一脸不爽。老师问他有什么不服的，答曰：“我在梦这次模拟考试的题呢，刚看着卷子就被你弄醒了！”老师听罢一脸无辜：“要不我给你抱床铺盖来，你把今年高考题给同学们弄来吧。”

某人初中毕业很多年了，但是，他牢记张老师的恩情，他常说：“张老师辛苦工作，虽然没给我上过课，但是我不会忘记恩师。”同事问他：“张老师是你的什么方面的恩师？”他说：“每天清晨天还是蒙蒙亮，他就叫我们起床了，我叫他为启蒙老师。”

教数学的老刘最近把自己的长发和胡须全剪了，他想试试看学生们还能不能认出他来。于是，他装着找人来到班里，问：“你们班的刘老师来了没有？”学生看到后，大家边笑边说：“天啊，刘老师剪了头发，连自己都认不出来了。”

初中的时候，学校对学生抽烟、上网管得特别严。班主任不知道从哪儿弄到了班上几个同学的QQ……于是乎，班主任糊弄一哥们儿开了视频，这哥们儿当时叼着一根烟，班主任问："这么晚就你一个人吗？"哥们儿将视频转向一边班上的几个同学，吐了口烟来了句："这都是我同学，给你认识认识。"

大学实验课上，老师使用了一种非常精确的测量仪器：分析天平。老师说："这种仪器精确到连声音的高低都会影响它的准确性，所以要盖上玻璃罩。现在哪位同学想找个东西测量下？"一同学道："拿我的手机吧。"老师接过该同学的手机，放在天平上，扣上玻璃罩，让同学们认真观察。贡献手机的这位同学心急火燎地向其他同学借手机，着急地说："快给我手机发个短信，看它的重量会不会增加。"

班长领了班主任的"圣旨"在班上宣读。开头语是："奉班主任旨意，全班同学接旨，坐。"同学们很快安静下来，她接着说："我是班主任。""什么？"同学们睁大了眼睛，惊讶地问。"派来的'钦差'。"又接着说："明天星期日不用补习，"同学们一听，乐得手舞足蹈，高呼"班主任万岁"。她清了清喉咙，大声补充说："才怪！"

动物们的那些事儿

蜘蛛：俺准备利用2013高考期间把局域网好好维护一下，为方便下步考生网上查分数做好准备。

乌鸦：本想高考结束预测一下考生的成绩，现在考生都会估分了，俺决定高考期间保持沉默，不乱发议论，省得说错话对考生造成不良影响，让人拿俺的嘴说事儿。

喜鹊：俺将密切关注考生们的动态，并与邮政部门联合，在第一时间为考上大学的考生们免费报喜，请考生们届时注意收听俺发出的语音提示，谨防假冒。

金钱豹：高考期间，考生吃饭问题俺全包了，俺早已在数家饭店订了营养丰富适合考生口味的高考用餐，钱不成问题，咱身上有的是“钱”，此时不用，更待何时。

蜗牛：高考期间，针对考场分布比较广的特点，为方便考生，减少花费在路上的时间，保证考生们的睡眠，俺将免费提供可移动螺旋式微型高考用房，欢迎考生们提前与俺联系。

牛：俺高考期间没什么能帮助考生的，唯一能做到的就是把俺的肉贡献出来，考生们吃了俺的肉，一定会牛气冲天，考出骄人的成绩。

瞌睡虫：高考期间分分秒秒都很重要，别看平时俺和学生们相处得很好，关键时刻俺决定暂时与高三学生告别，这都是为了他们的前途着想。

蝉：高考期间需要安静，俺决定在这个特殊日子里，停止唱歌三天，以实际行动支持各位考生。

狗：高考期间安保工作很重要，俺有长期看家护院的工作经验，非常忠于职守，所以高考期间俺决定推掉一切应酬，全力做好安保工作，确保高考顺利进行。

超逗、超雷人的冷幽默

一天，遇到以前住我楼下的一个妹妹，抱着孩子，隔着大街叫住我，我都没有认出来。妹妹问："结婚了没？"答："没。"妹妹劝我："你这么好的人，慢慢来！"我晕死了，让我想起一个笑话：要变成好人很容易——表白！因为别人拒绝你的时候一般都会说："你人不错，是个好人，但是……"就没有下文了！所以我的结论是：要做坏人！

老李去公园遛狗，不料在一僻静处晕倒，不省人事。幸亏他的狗及时叫来了医生，才使老李转危为安。事后，许多人都向老李夸奖他的狗真聪明。老李悻悻地道："聪明什么呀，其实那天它叫来的是一名兽医。"

一个年轻人正在街上行乞。一位妇人对他说：“你这么年轻，应该到工厂去。”乞丐说：“太太，我去过很多工厂，可是他们什么也不肯给我。”

一小女子天刚黑时路过一居民小区，对面走来一肌肉猛男，该猛男忽然开始咳嗽。接着又过来四五个男的，也统一咳嗽。小女子顿时有些紧张，他们在对暗号？不会要抢劫吧？该不是劫色吧？小女子有点怕，又不敢跑，直到她走到他们开始咳嗽的地方，她也咳嗽了。天哪，谁家炒菜放辣椒那么呛？

报纸上对长期饮用纯净水有两种截然不同的观点：一曰有益，一曰有害。

老王全家左右为难，不知如何喝水。后来召开家庭会议，争论了半天，最后决定，今后全家人逢单日喝纯净水，双日喝一般的开水。

公交车上，一名男子靠着车窗，悠闲地抽完一支香烟，一挥手，烟头划出一道火红的弧线，以一种优美的姿态飞出窗外。两秒钟后，一辆疾驶而来的出租车突然转了方向，一头扎进路边的绿化带。半个月后，一家工厂发生了火灾，上千万元的资产顷刻化为乌有。一个月后，当初扔烟头的男子戒烟了。因为他失业了。失业的原因是他所在的工厂破产了。工厂破产的原因是半个月前一场大火把工厂烧了个精

光。工厂失火的原因是一个月前请来的对工厂消防设施进行改造的工程师出了车祸。工程师出车祸的原因是他乘坐的出租车突然冲进了绿化带。出租车冲进绿化带的原因是有一个燃着的烟头突然落入了司机的衣领。

一天，某高尔夫俱乐部的会员打完一场很糟糕的球，匆匆离开会所，准备打道回府。在路上，警察拦住他，问："二十分钟前是你在第8洞开的球吗？""是的。"会员答道。"你打了一个左曲线球，结果球不巧飞过树丛，飞出了球场，是吗？""是啊，没错。你怎么知道的？"警察严肃地说："你打出的球飞到高速公路上，砸穿了一位司机的挡风玻璃。车子失去控制，撞上了另外五辆车和一辆救火车。救火车没能赶到火场，结果失火的大楼被烧成了平地。说吧，你打算怎么办？"会员仔细想了想，答道："我想我的站姿要再收紧点儿，握杆再紧些，右手大拇指再放低些。"

牛二和大狗都是一根筋，打起赌来谁也不服谁。一天，牛二说："真稀奇，石头会说话。"大狗就接过话头说："放屁，哪有石头会说话的？""不信就打赌！""打赌就打赌。""四个菜一壶酒，谁输谁掏钱，赖账是王八蛋。"说走就走，两人向饭店走去。风卷残云酒足饭饱，大狗抹抹嘴挑衅地看着牛二，会说人话的石头呢？只见牛二也擦了擦嘴，漫不经心地喊了一声："石头，算账——"

宿舍老四最抠门儿，那天找了个机会，我让他请我吃饭。走进一

家面馆后，一个服务员美眉热情地招呼我俩坐下。

我说：“来两碗肉丝面。”美眉问：“要大碗还是小碗？”我问：“怎么个说法？”美眉说：“大碗六元，小碗五元。”老四赶紧朝我眨眨眼，说：“小碗，要小碗的。”美眉应了一声就要走，老四喊住她说：“美女，麻烦您盛满点好吗？”美眉笑着点点头。老四又说：“汤要多一点噢。”美眉说：“没问题。”老四一脸感激，接着轻声说：“可别叫面条稀了哦。”我……

一个交警拦住一辆正在公路上歪歪扭扭行驶的汽车，问司机：“怎么回事？”司机：“我在学开车。”交警惊讶地问：“怎么没有老师跟着？”司机：“哦，我上的是函授课程。”

某人到理发馆理发，一位年轻的女理发师见他土里土气，不到十分钟就给他理完了。这人对着镜子看了看，问道：“多少钱？”“三块。”这人拿出一张五块，对着镜子，指着参差不齐的头发说：“别找了，请您再给我推两块钱的吧。”

便秘慎吃泻药，睡眠不好慎吃安眠药。就算是这样，泻药和安眠药也不能同时吃……否则后果很可怕……

一天，一个人对一位浓妆艳抹的女子说：“你好，相对美女。”“什么是相对美女呢？”女子不解地问道。这个人说：“就是

化了妆是天使，卸了妆变成魔鬼的那种美女。”

★

收到朋友送的一份礼物，上面附有一张纸条，写道：“朋友，这虽不算是如何珍贵的礼物，但也够你用一年的了。”满怀欣喜地打开一看，是本日历。

★

友情提醒：坐地铁或者公交车的时候，不要把西瓜放在地上，否则一个急刹车，它就会在车厢里一直滚，一直滚……从车头滚到车尾。这还不算尴尬，最尴尬的是你在后面像个鸭子似的直叫：“瓜！瓜！瓜！”

★

爷爷是个水性很好的渔夫。这天，天气很好，他喊了小孙子一起出海打鱼。谁知刚出海不久，天气突变，海上起了风浪。小孙子很害怕，爷爷就安慰他：“乖孙子别怕，爷爷这么多年的技术了，这点风浪怕啥！”突然，一个大浪头打过来，把船桨打成两节！爷爷无奈地对孙儿说：“乖孙子啊，桨完了！”

★

A：“你越来越像鱼了。”

B：“像美人鱼吗？”

A：“不是，你的鱼尾纹越来越多了。”

★

某公司广告部经理正在向消费者调查广告效果。

经理：“您认为，在运动会转播中播出的本公司产品广告效果好吗？”

消费者：“非常好！不然我们连上厕所的时间都没有了。”

★

A：“《吉祥三宝》会唱吗？”

B：“会啊！”

A：“咱们两个配合唱吧，你先唱。”

B：“爸爸。”

A：“诶！”

B：“……”

★

A：“哇，你微博粉丝有10万8千多！”

B：“那10万是我买的。”

A：“不过你能有8千多也不少了，我还赶不上你的零头呢。”

B：“8千是买完赠的……”

星期天一个人在家上网，听见厨房有声音，过去一看，原来是小偷在撬窗，我抄起铲子吼道：“你干什么？再不走我报警了！”那贼不慌不忙地收起工具，甩出一句话：“你有病呀，家里有人你不吱声，害老子白忙活了半天。”说罢转身走了。我……

★

夫妻俩在一个被子里睡觉，老公打了一个喷嚏，喷了老婆一脸。

老婆说："再有情况时提前说一声。"过了一会儿。老公大声说："预备！"老婆赶忙一头钻进被子里，只听"嘭"的一声，老公放了一个屁。

★

单位组织旅游，碰到外地的同事，他问："听说你们分公司有个人特胖？到底有多胖啊？怎么没见着呢？"

我："旅行社非得要把他按团体收费……结果就没来！"

★

刚才在一个网站上注册了一个用户名"爹"，结果它给我发来邮件，我一看傻眼了："爹，您好，您的用户名注册成功了！"

★

去医院体检，医生拿着我的报告单，说："幸好你来得早啊……"在我惊出一身冷汗的时候，医生不慌不忙地说道："再晚点儿，我就下班了。"

★

深夜，老公未归。老婆心急地给娘家打电话："妈！他还没回来，一定有别的女人了！"妈妈轻声安慰："傻孩子，乖，别净往坏处想，兴许是出车祸了！"

★

一次，一个女同事正在卫生间中，有人打来电话找她。办公室小刘在电话里告诉对方：“你朋友正在方便，现在不方便。等你朋友方便的时候再打电话给你好吗？”对方：“现在到底是方便还是不方便？”小刘耐心地说：“正在方便，现在确实不方便，等方便完后就方便了。”

值得收藏的经典爆笑短信

很久没收到你的信息，俺很心疼，俺想到死，曾用薯片割过脉，用豆腐拍过头，用降落伞跳过楼，用面条上过吊，可都没死成。你就请俺吃顿饭撑死俺算了。

如果感到心里瓦凉瓦凉的，请拨打俺的电话！谈感情请按1，谈工作请按2，谈人生请按3，给俺介绍对象请按5，请俺吃饭请直说，找俺借钱请挂机。

吃饭了吗？请接收短信。大象把大便排在路中央，一只蚂蚁正好路过，它抬头望了望那云雾缭绕的顶峰，不禁唱道：“呀啦索，这就

是青藏高原！”

你都长大了，有些事应该让你知道了：天，是用来刮风下雨的；地，是用来长花长草的；我，是用来证明人类是多伟大的；你，是用来炖粉条的。

老天，太蓝！大海，太咸！人生，太难！工作，太烦！和你，有缘！想你，失眠！见你，太远！唉，这可让我怎么办？想你想得我吃不下筷子，咽不下碗！

如果我是管马的，你叫我马夫；如果我是管车的，你叫我车夫；如果我是管账的，你应该叫我什么？

因为你，我相信命运；因为你，我相信缘分；也许这一切都是上天注定，冥冥之中牵引着我俩。好想说……我上辈子是做了什么孽呀！

广阔的天空任你高飞，美丽的故事由你发挥，善良的小孩应该去追，幽默的短消息发给小乌龟！

你是情圣，情场剩下来的；你健谈，贱到什么都谈；你有气质，小气又神经质；你长得不错，长成这样不是你的错；你很聪明，冲洗厕所第一名。

将这封短信转发3次，你会走财运；转发6次，你会走官运；转发10次，你会走桃花运；转发20次，你将花掉2元钱！

悟空拿着磁铁在地上吸来吸去。沙僧问：“大师兄，你找什么呢？”悟空：“嘿！俺把金箍棒掉地上了，还没来得及变长哪！”

低调做人，你会一次比一次稳健；高调做事，你会一次比一次优秀：A.在姿态上要低调；B.在心态上要低调；C.在行为上要低调；D.在言辞上要低调；E.在思想上要高调；F.在细节上要高调。

词语的变迁：A.小姐：从尊贵到低俗；B.美女：从惊艳到性别；C.老板：从稀有到大众；D.鸡：从禽到人；E.同志：从亲切到敏感。

那些情场的雷语：A.谁是我们的情人，谁是我们的情敌，这个问题是情场的首要问题。B.不是我花心，我只是想让每个女人都开心。

男人视女人为猎物，就别怪女人视男人为玩物。男人视女人为植物，就别怪女人视男人为动物。其实女人想做男人的宝物，男人想做女人的吉祥物，仅此而已。

女人永远希望自己的年龄除以二，男人永远希望自己的薪水乘以二，但大部分的老公爱把太太的年龄乘以二，大部分的老婆会把先生的薪水除以二。

恋爱妙喻，恋爱像什么？

恋爱就像胃，它强大的消化功能无与伦比，由此进入的全是世界上最纯洁的，由此出去的却是世界上最肮脏的。

恋爱就像电梯，方便、快捷，但是偶尔停电，你还得摸黑爬楼梯走回家去。

恋爱就像镜子，看着再丑，也是你自己的模样，但你总是怀疑镜子质量有问题。

恋爱就像智能手机，纵横驰骋时荡气回肠，交费时痛心疾首。

恋爱就像清代宫廷题材的电视剧，又臭又长，却人人爱看，仔细看去，除了吃喝和下跪的镜头，再无其他。

恋爱就像ATM机，你总是希望从里面取出钱来，但它总是吃卡，即使你输入的密码正确无误。

恋爱就像戒烟，你总是能够找出许多理由安慰自己：非常容易，我都戒过一百次啦。

恋爱就像男人做菜，不是忘了放盐，就是忘了放了几次盐。

恋爱就像破烂王，总把废弃物品当宝贝，而且事实也确实如此。

恋爱就像长途旅行时在中途买了张硬座票，你刚刚上车坐下，马上跳出一个满脸横肉的家伙，粗声大气地指着你的鼻子吼道：“这是我的座位！”

雷死你不负责的爆笑签名

1.

抛出去的砖头，不一定能引出玉，倒很可能砸到人。

2.

诺言、誓言、谎言、花言，不过是在敷衍而已！

3.

爱人是路，朋友是树，人生有一条路，一条路上有许多树，有钱的时候别迷路，缺钱的时候靠靠树，幸福的时候莫忘路，休息的时候浇浇树。

4.

有人对我说，下辈子，你早点来！我说，上辈子你也是这么说的。

5.

心不动，我不动，又睡觉睡得头疼了！

6.

通往成功的路，总是在施工中——

7.

待在五星级宾馆，吃的是丐帮的午饭。

8.

每个人都不是吃素的，吃素都是装出来的。

9.

知道什么叫天灾人祸吗？天灾就是天生智商低，人祸就是后天不努力！

10.

一念是地狱，一念是天堂，天堂与地狱的距离就在一念之间。

11.

伤情最是晚凉天，出门兜里没带钱！

12.

只有在洗衣服时不觉得衣服少。

13.

好马不吃回头草，因为回头的时候已经没有草了。

14.

念了十几年书，想起来还是幼儿园比较好混……

15.

一想化妆免费，二想年轻十岁，三想上班不累，四想帅哥排队，五想无所不会，六想海吃不肥，七想衣服不贵。

16.

孩子永远是自己的好，庄稼永远是别人的好！

17.

对于鸡想游泳的理想，鸭子永远不会明白！

18.

经典永远是经典，但垃圾不可能永远是垃圾。

19.

酒最好喝的原因就是它最难喝！

20.

我对你的无语能沉默整个宇宙！

21.

除了买彩票，怎样能快速合法地发财呢？

22.

我胖是胖，但是有锁骨！

经典到叫你喷饭的小笑话

悬崖上一小老鼠挥舞着短短的前爪，一次又一次跳下去努力学习飞翔，旁边母蝙蝠看着它摔得头破血流，忧心地对公蝙蝠说："它爹，要不要告诉它，它不是咱亲生的！"

某男生宿舍卧谈会持续至凌晨3点，突然讨论到一个问题——碰到一个漂亮姑娘，首先该说什么？某君从梦中惊醒，曰："甭说了，咱们睡吧！"

雌鸟泪流满面，雄鸟怒气冲天地对它说："我跟你讲了多少遍

了，这个指环是鸟类研究站的人给我套上的，不是结婚戒指！我还没结婚！”

餐厅里，女：“你到底打算跟我结婚吗？”男的沉默。女：“别以为没人要我，搞火了我马上就在这儿找个人嫁了！”不一会儿，侍应生走过来：“小姐，你把本店的客人都吓跑了。”

空降兵演习时长官问道：“今年有多少新兵呢？”小战士说：“落下来时看屁股就知道了！”长官道：“为什么？”小战士道：“新兵屁股上都有脚印！”

还记得吗？那次你去电视台高歌一曲，4个裁判倒了3个，还好有一个裁判上台激动地握着你的手说：“人才啊！别人唱歌是要钱的，你唱歌是要命的呀！”

几个人一起看日出，一人指着树梢说：“我看见了。”其他人也说看见了。这时树后有人提着裤子出来：“看见就看见，嚷嚷什么呀？！”

男生一般是不许进女生楼的，哪怕进去，晚8点前也必须离开，否则到8点时，楼长阿姨就会大声喊：“姑娘们，送客了。”

公共汽车上老太太怕坐过站，逢站必问。汽车又到一站，她一个劲儿地用雨伞捅司机：“这是展览中心吗？”“不是，这是排骨！”

甲：“我有两个坏习惯，令我感到很困扰。第一个坏习惯是裸睡。”乙：“这也没什么呀！第二个坏习惯呢？”甲：“梦游。”

某天你站在公交站台上哈哈大笑，引得路人像看稀有动物似的看你。其中一人问你为什么傻笑，你强忍住笑，得意地说：“我把卖票的耍了，买了票没有上车。”

一哥们儿刚刚失恋，悲愤交加，一日去网吧，看一美女和人视频，貌似是她老公，这哥们儿迅速上前对着美女脸上亲了一口：“亲爱的，想死你了。”立即逃跑，只见视频那头瞬间凌乱了……

大家都知道KTV消费高且不能自带饮料食品，一天，我去KTV唱了一下午口渴了，就叫服务员过来。

我：“可乐多少钱？”

服务员：“25元。”

我：“多大瓶的？”

服务员：“就外面卖两块五那种。”

一朋友跟女朋友在毕业后奉子成婚。这两天就是预产期了，于是整天看朋友在QQ签名里更新：小宝倒计时30天……小宝倒计时8天……每日一更乐此不疲。终于某天，看到小宝倒计时1天后，签名停止了更新，我们都以为他媳妇生了。3天之后，这货又开始更新了：小宝倒计时-3天……小宝妈妈肚子里真的那么好吗，为什么还不舍得出来？

魔鬼词典——词语新解

好自为之：好事全是我干的。

山穷水尽：山里人穷是因为缺水。

改头换面：头头换了，面貌变了。

徒劳无益：学徒干活是没有工资的。

不务正业：副职不要干正职的事，因为名不正言不顺。比喻要摆正位置切莫越权行事。

一清二白：首先想清楚，然后再说。

不明不白：暗处不要说话。

遗老遗少：农村的一种现状，青壮年出外打工，村里留下的是年老的和年少的。

重男轻女：重活男人干，轻活女人干。

别开生面：不要和不认识的人开玩笑。

饱食终日：有足够的粮食，可以吃到临死的那一天。

婚外恋：总是打着“爱情”的旗号，行“坑蒙拐骗”之实。

护肤品：用了觉得白用，不用又觉得心慌。

求婚：开始你以为这意味着升值，后来你才知道其实是套牢。

一见钟情：总是在不停地发生，然后不停地被证明只是个错误。

精辟的句子，毒极了

1.

玩感情？我会让你哭得很有节奏……

2.

如果你看到面前的阴影，别怕，那是因为你的背后有阳光。

3.

时间不知不觉，我们后知后觉……

4.

唾沫是用来数钞票的，而不是用来讲道理的。

5.

不该看的不看，不该说的不说，不该听的不听，不该想的不想，该干什么干什么去。

6.

我是心眼小，但是不缺，我是脾气好，但不是没有！

7.

我等待你的关心，等得关上了心……

8.

喜欢你的时候你说什么就是什么，不喜欢你的时候，你说你是什么？

9.

我们只有一个地球，所以你要爱护地球；地球上只有一个我，所以你也要爱护我！

10.

开心了就笑，不开心了就过会儿再笑！高兴了就乐，不高兴了就使劲乐！

11.

生活就是：生出来，活下去……

12.

唯一一个可以霸占男人回忆的方法，就是：活得更好！

13.

每天笑三声：通天，通地，通便。好身材——拉出来！

幽默神侃，体育也疯狂

铅球：“小弟，咋了，啥时候让人给拍扁了？”

铁饼：“大哥，啥时候吃了这么多‘贿赂’，咋把肚子撑圆了？”

跳高横竿：“别看俺躺着，始终是拦截你的高度。”

撑竿：“牛啥，运动员还不是借助俺一次次把你超越？”

足球：“篮球老弟，你那个网兜啥时补好啊？装一个漏一个，那不白装了吗？”

篮球：“比不上足球大哥的网大，装多少都行。我网小，只好开个口子啦。排球，你咋老被人往下打啊，你看我，总往上去多好。”

排球：“篮球，你别忘了，我被打下去之前还是要被人往上顶一顶的，而你往上去之前要被人往下拍多少回啊？不过，咱们还算不错，至少和手打交道，不像足球，总被人踢来踢去。”

足球：“谁说我总被人踢啊，不也有被人用脑袋顶的时候吗？”

跳远：“我说跳高，你别总想着往高看、登高枝，啥时候能考虑得长远一些啊？”

跳高：“追求不同，我追求的是生命的长度。再说，我跳得高自然也会看得远，总比往下跳要好吧！”

跳水：“你说谁呢？往下跳有啥不好，那也是先有了高度才能往下跳的。跳下来还被冲得干净清爽，不会像跳远兄似的沾一屁股沙子。”

跳远：“虽然沾了一屁股沙子，但我实实在在地留下了足迹……”

乒乓球：“别以为你屁股上插上几根羽毛就是能飞的主儿了，有本事拿到桌面上来试试。”

羽毛球：“得瑟个啥，不看在你是个‘残兵’（乒乓）的分儿上，早和你决一雌雄了。”

网球：“乒乓老弟，这么多年过去了，你咋还在那个小地方折腾

呢？”

乒乓球：“我也羡慕网球老兄家大业大，你有红土场、绿草地、塑胶地等多处产业。没办法，谁让咱出生就在桌子上呢！”

羽毛球：“乒乓老弟，我跟你一样，也只有一处产业，我也羡慕网球啊！”

网球：“其实，我也有苦处。我不能像你们二位一样，跟家家户户老老少少随时随地走得那么近……”

拳击：“跆拳道，你咋回事？说是“拳道”，你为啥老用脚去踢？还有没有点规矩！”

跆拳道：“用拳打咱不是不会，只因为遵守规则才多用脚的。这样多帅！多潇洒！我觉得用手扭来拽去才忒没意思呢！”

柔道：“这话我不爱听，咱是以柔克刚！”

艺术体操：“你行啊，都改名叫‘花样游泳’了。不想跟我们在地上玩，跑到水里去了，水里比地上好玩吗？”

花样游泳：“不好玩，地上学的功夫到水里头轻易玩不转啊，我是和游泳哥哥联姻才慢慢适应的。”

双杠：“单杠，混了一辈子你咋连个对象也没混上，得，至今还是光棍一个！”

单杠：“真土，都啥时代了，你瞧瞧有多少明星至今还单身？”

排球：“同样是‘网’络游戏，看看咱的人气多棒。”

网球：“懂啥，俺那是文明上网，不让太多人沉溺于网络游戏。”

一百米终点：“大哥，你真心狠手辣，站那么远干啥，莫不是想把人家累死？”

二百米终点：“小弟，别急，我给你讲个故事，叫《五十步笑百步》。”

说起来，花样游泳集体比赛真是一个不容易的项目啊！想想要聚集八个女人训练，一个月能有几天她们是能一齐下水的啊！

“一个人在得到铜牌后，一样可以保持微笑，笑答各国记者提问，说明什么？”“说明这个人心态好，境界高呗。”“呵呵呵，不，说明这个人是个恋铜癖。”

足球场怎么那么多草啊，怎么不种点粮食呢？！

不是说足球不能用手吗，怎么守门员可以？是不是戴了手套不算

用手?

为什么他们都用脚踢人，是不是他们不知道“打人不对”？

既然不想让人家进球，为啥不多用几个人守门?

为什么裁判只亮黄牌或者红牌，咋没见有过绿牌?

那小子被人家在场里踢倒了这么多次都没罚点球，他在禁区踢倒了人家一次就被罚了?

边上那两个人（边裁）拿着小旗干啥，难道踢球还需要交通指挥?

边上那个人（教练）在那儿瞎嚷嚷啥，上去帮忙不就得了吗?

为什么世界杯不多弄几个奖杯，评个一二三等奖啥的?

亲，你跑得太慢了

黄昏的时候，我在路上慢跑。有一个年轻人从我后面跑上来，在我耳边急促地叫着：“快跑！”“发生了什么事？”我问身旁的年轻人。“赶快跑。”年轻人跑到我的前面。我快速追了500米以后，气喘吁吁地追问：“到底发生了什么事？”“你跑得太慢了。”年轻人丢下我，自顾自往前跑去。

漂亮妹妹，2岁。一日，我打电话给她的妈妈，小家伙接的电话。出于礼貌，我也要和她寒暄一下。“乖乖，妈妈呢？”“去花果山了！”“……”“乖乖，那你在做什么呢？”“阿姨你真逗，我不是跟你打电话吗！”

小王在10楼人事部门工作，一个月前，被调到9楼行政部门去了。今天，小王同学打电话到人事部门找他：“小王在吗？”接电话的同事说：“小王已不在人事了。”小王同学：“啊？啊？！什么时候的事啊，我怎么不知道啊，还没来得及送他呢？”“没关系，你可以去下面找他啊……”

公路的急转弯处，有一幅标语牌是这样写的：“如果你的汽车会游泳的话，请照直开，不必刹车。”一位刚学会开车的博士看到这条标语后，马上调头开到汽车厂，他认真地问经理：“你们这种车会不会游泳，是不是水陆两用的？”

有一位先生不学无术，却装成学贯中西的样子到处吹牛。一天，他的邻居来请他念一封信。他装模作样地看了好半天，其实一个字也不认识，他问邻居：“信从哪儿寄来的？”邻居回答：“是从南方寄来的。”先生叹了口气，如释重负地说：“唉！怪不得我不认识，原来信是用南方话写的。”

妈妈领着儿子到农村去看爷爷。爷爷很高兴，关心地问：“你读书怎么样？”儿子：“读初一啦。”爷爷说：“好好读吧，初一要读，十五也要读啊，还要天天读，才能读得好呀。”

哥们儿生病去打点滴，因为赶时间，他加快了点滴的速度。医生看到了就调慢了，但医生走了他又调快了。医生不让调快但是他不听，医生吼道：“真赶时间，那你喝了吧！”哥们儿忧虑地说：“那不行！万一打开盖子再来一瓶怎么办？”

新婚不久，老妈来家里，见家里凌乱之极，便狠狠数落了老婆一顿。老婆非常委屈，待老妈走后，抄起手机就给岳母打电话诉苦……哭诉了半天，对方一句话没有说。末了来了一句：“下回看好了号码再打，我是你婆婆。”

同学问我：“你们方言里螃蟹怎么说？”我说：“哈。”她重复：“你们方言里螃蟹怎么说？”我说：“哈。”她很无奈：“……那你们方言里鱼怎么说？”我：“嗯？”她又说：“我是问你们方言里的‘鱼’是怎么说的？”我：“嗯？”……然后她就不理我了……

昨晚12点多，我睡得正香，手机来电话，很无奈地接了。我迷糊地说：“谁啊？”对方说：“我在厕所，给我送点卫生纸。”我说：“今天太晚了，明天吧。”然后我就挂了。早晨起来，被舍友虐了。

父子俩卖肉。父：“顾客来买肉时，要多说些好听的话，这样总

能卖得多一些。”儿子点点头。不一会儿，一个顾客来买肉，看了看说道：“这猪皮这么厚，一定是母猪肉。”儿子不忘父亲教诲，立刻说道：“哎呀！你可真是个行家，一眼就看出来了。”

前天上QQ看一男性已婚初中同学签名是“可能，我没有想象中那么爱你”。昨儿他的签名档是“老婆，我错了”。今儿的签名档是“本人近日无家可归，求好心人收留”。

有一个人和一只老虎被分别绑在两棵大树上，绑老虎的绳子下面有一支蜡烛，就快把绳子烧断了，如果绳子被烧断，老虎就会把人吃掉，结果人说了一句话，就没被老虎吃掉。他说：“Happy birthday！”老虎就把蜡烛吹灭了。

狼刚失恋，觅食时路过一间小屋，听到一男人教训自己的孩子：“再哭，就把你扔出去喂狼。”小孩在屋里哭了一夜，狼在外面守了一夜，早上起来，狼哽咽地说：“男人，男人都是骗子！”

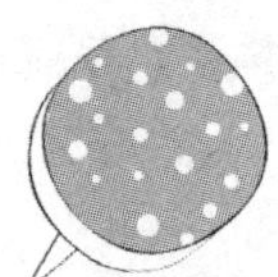
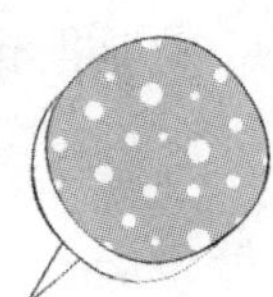
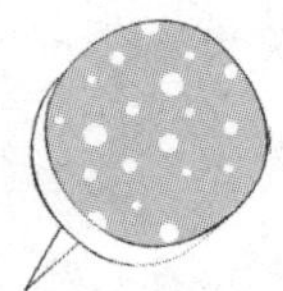

我去“见过没”

记得公交车刚实行刷卡的时候，有一次，车到站，上来一个高挑的女子。她的IC卡可能是放在牛仔裤后面的兜里，所以一上车就把屁股往刷卡机上一靠，“滴”的一声后就进车了。这个女子后面跟着个老大娘，个不高，她就觉得奇怪，怎么只要屁股往那玩意儿上一靠就能乘车了，所以她一上车就尽力踮起脚，使劲把屁股也往刷卡机上靠，靠了几次也没成功，这时，司机发话了：“大娘，你在干吗？抓紧投币上车啊。”大娘说：“那个姑娘不是把屁股往这儿一靠就能乘车了吗？”呵呵，原来是这么回事，司机哭笑不得，只能跟她解释，人家姑娘用的是IC卡。

但大娘不懂什么叫IC卡，她仍跟司机纠缠着说：“你这个小伙子也太不厚道了，人家漂亮姑娘跟你撅撅屁股你就让人家进了，我老太婆跟你撅了这么多次屁股，你反倒不让我进，你到底什么意思？”车里的人都笑了起来，司机被她弄得下不了台，只能挥挥手让她进去了。

某君乘公交车常掉钱包。一天上车前，某君把厚厚的一叠纸折好放进信封，下车后发现信封被偷。第二天，某君刚上车不久，觉得腰间有一硬物，摸来一看，是昨天的那个信封，信封上写着：“请不要开这样的玩笑，影响正常工作。谢谢！”

一次乘公交车回家，上车后发现钱包里没有一元零钞，一着急，便掏出一张十元大票投进投币口。后来越想越觉得窝囊，便跟司机商量，能不能让我守在门口，将下一站乘客本应投进投币口的钱据为己有？司机同意了。

车很快驶到下一站，很多人争着上车。我挡在门口，对第一位乘客说：“把钱给我。”对方一愣：“凭啥？”三言两语也解释不清，我就说：“给我就行了，别的不用管。”对方瞅瞅司机，司机点头默许。于是，一元钱到手。依法炮制，很快收了八个一元钱。接着上来一位大汉，虎背熊腰，剃着板寸，露着刺青。见我拦着他，怒道：“干吗呢？哥们儿。”我说：“一会儿再跟你说，先把钱给我。”对方眼珠子都圆了：“说啥呢？”我说：“把钱给我！”对方张大了嘴，冲司机问：“这小子干吗的？”大汉堵在门口，后面的人上不来，而车厢里的人急着发车，所以大家七嘴八舌地嚷起来了：“啰唆什么呢！快给钱！”大汉很快瘪了下去。只见他从口袋里掏出钱包递过来，哭丧着脸说：“老大，身上就这点钱，你们人多，我服了。”

早上赶公共汽车，到站台的时候，汽车已经启动了。于是我只好边追边喊：“师傅，等等我！师傅，等等我呀！”

这时，一名乘客从车窗探出头来冲我说了一句：“悟空，你就别追了！”

父子二人坐公交车。

儿子：“爸爸，车什么时候到啊？”

父亲：“停了就到了。”

儿子：“什么时候停啊？”

父亲：“到了就停了。”

WOHEXIAOHUOBANMEN
DOUXIAOWAILE

读一句笑一次，读完千万别笑死了

上了初中非典来了，上了高中禽流感来了，上了大学甲流来了，我们终于要毕业工作了……2012了……

刚上大学，我们怀着憧憬看了《奋斗》；当我们踯躅的时候，我们看了《我的青春谁做主》；就当我们即将豁然开朗的时候，一部《蜗居》把我们全拍死了；绝望中，我们看了《2012》，顿时淡定了，买什么房子啊，早晚要塌的！

学士上面是硕士，硕士上面是博士，博士上面是博士后，博士后

上面呢？如果你够勇敢再读两年是勇士，再读五年是壮士，再读七年是烈士，烈士以后呢？还有圣斗士，读满两年是青铜的，5年是白银的，7年是黄金的。

时间是最好的老师，但遗憾的是——最后他把所有的学生都弄死了……

复习=不挂科，不复习=挂科；所以，复习+不复习=不挂科+挂科，提公因式：（1+不）复习=（不+1）挂科，约分，所以，复习=挂科。

新世纪女性：上得了厅堂，下得了厨房，写得了代码，查得出异常，杀得了木马，翻得了围墙，开得起好车，买得起新房，斗得过二奶，打得过流氓……

新世纪男性：睡得了地板，住得了走廊，跪得起主板，补得了衣裳，吃得下剩饭，付得起药方，带得了孩子，养得起姑娘，耐得住寂寞，争做灰太狼……

有这样一个人，你给他发短信，他会马上回你。无论白天还是深夜。有这样一个人，你问他，他会听你说，你不想理他了，他也不会再发短信烦你。他，就是10086。

就算是Believe，中间还是有个lie；就算是Friend，最后还是免不了end；就算是Lover，最后还是会over；就算是Forget，也得先get才行；就算有Wife，心里也夹杂着if……

后轮爱上前轮，却知道永远不能和它在一起，于是它吻遍了它滚过的每一寸土地。

“原来你就是传说中的290？！”“290是啥？”“290就是250+38+2。”

我们的老师常常拖堂，大家都怨声载道。他得知后严肃地说：“你们上课时一点儿都不配合，怎么会有效率？该讲的讲不完，只能延长时间了！”第二天，我们都积极配合，整节课进行得相当顺利。铃声响过，大家都以为会立即下课，却见该老师满脸笑容地说：“既然大家兴致这么高，那我们就再讲一会儿吧……”

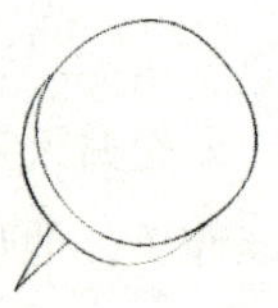
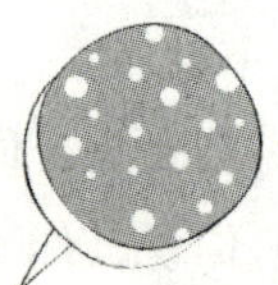
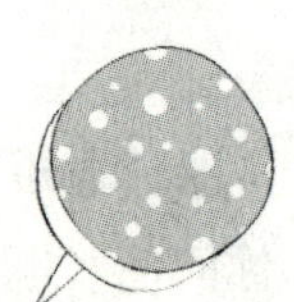
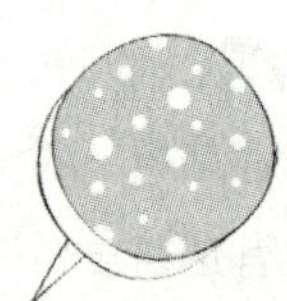

关于爱情的15则经典笑话

1. 男追女跑

甲："我和我爱人搞对象时完全打破了那种男追女跑的老俗套。"

乙："你们是……"

甲："她每次跟我要东西时，都是我在前面跑，她在后面追。"

2. 旗鼓相当

小弟接到埃及女网友寄来的电子邮件，邮件中要求小弟给她一张近照。小弟费尽心思，终于决定把台湾男歌星费翔的照片寄去，以为可以瞒过对方，并要求对方也同样回寄一张近照。

十多天后，小弟从回信中发现了一张波姬小丝的剧照。

3. 出于良心告诉你

一对青年男女，刚从结婚登记处领证回来，他们在路上交谈着。

男的得意地说："亲爱的，你真美！不过出于良心，现在我得告诉你，上次我领你来我家里看的那套红木家具以及华丽的摆设，都是我向别人家借来的。"

女的说："没关系，出于良心，我现在也得如实告诉你，刚才登记证上写的是我姐姐的名字。"

男的大吃一惊："是上次在你家看到的那个令人讨厌的丑八怪吗？"

女："千万别再这样称呼她了，她现在是你的妻子啦！"

4. 劝慰

同室的小王失恋后，整天茶不思、饭不想，在床上长吁短叹。大家都不知如何劝慰才好。生性达观的阿杜对小王说："快些停止叹息，下床吧！难道失恋的滋味那么好，值得你不吃不喝地躺在床上慢慢品味？"

5. 条件足够

阿福不敢当面向他的女友求婚，只得在电话上做远程试探。

"洁梅，我得了五百万元遗产、一幢别墅、一辆汽车，还有一艘游艇，你答应嫁给我吗？"

"当然答应你啊，你是谁呀？"

6. 踢球

一个足球迷兴致勃勃地对女朋友吹嘘说："对足球，就要像对情人一样，要有缠的功夫。一双脚要能像牛皮糖一样粘在足球上，那就

绝了。”

女朋友：“然后呢，就一脚踢开，那才真叫绝呢！”

7. 脸蛋最贵

一天，张三和李四去菜市场买菜。当他们走到卖禽蛋的摊位时，发现鸡蛋5元钱一斤。张三说：“这是什么蛋，这么贵？”李四说：“这蛋恐怕是世界上最贵的蛋了。”

卖鸡蛋的小伙子听了以后说：“世界上最贵的蛋是脸蛋，我已经给女朋友五千元钱了，可她妈说，凭她女儿的脸蛋，再给一万也不多。”

8. 小鱼钓大鱼

男：“阿珍，我钓了一条鱼好大哟，快来我家吃吧！”

阿珍：“你想利用那条鱼来钓我，是不是？”

9. 以免破财

一位男子匆匆进来对店员说：“朋友，暂时把橱窗里那件名贵大衣收起来好吗？”

店员看在小费的分上，答应了，并怀疑地问：“这是为什么？”

男子说：“等一会儿我的女朋友要来买大衣。”

10. 先要钱

女儿发现妈妈向她的男朋友要“彩礼”，觉得很不理解，就问：“妈妈，我们还在恋爱，为什么先要人家这么多钱呢？”“傻姑娘，你到百货公司买东西，不先付钱行吗？”

11. 硬碰硬

甲："喂，你介绍给我的那个女演员，似乎是一个心肠很硬的姑娘。"

乙："心肠硬？你要以硬对硬，钻石是能打动她的心的。"

12. 任君选择

一对恋人在湾仔街头争论前往铜锣湾的方向，男的说要向东走，女的坚持说向西走。刚好遇到一个朋友，于是男的请他公断。"如果你要去铜锣湾，就向东走；如果你要女朋友，就向西走。"朋友说。

13. 我早就了解你了

一个小伙子向姑娘求婚，姑娘说：

"我们相识才三天啊，你了解我吗？"

小伙子急忙说："了解，了解，我早就了解你了。"

"是吗？"

"是的，我在银行工作三年了，你父亲有多少存款，我是很清楚的。"

14 《婚姻法》规定

一个美丽的姑娘向一位老翁求婚。

老翁："咱俩年龄相差这么大，合适吗？"

姑娘："《婚姻法》没有规定年龄的差别。"

老翁："那规定了什么？"

姑娘："妻子有继承丈夫遗产的权利！"

15. 取长补短

有位姑娘提着高跟鞋走进木材商店，请店主替她把鞋跟的软木锯

短一些，店主照办了。

过了一个星期，姑娘又来了，她问：“上次你们锯下的那两块软木鞋跟还在吗？我想请你们帮我粘上去。”

店主对这个要求感到很惊讶，便问其原因，姑娘说：“噢，这个星期我换了个男朋友，比上星期那个高多了。”

女生买裤子杀价全过程

顾客：“老板，请问这条裤子多少钱？”

老板：“180元，广州正宗货，要不要？”

顾客：“我先看看……”

老板：“别看了，东西是好东西，给你优惠点170元。”

顾客：“这也叫优惠啊？”

老板：“呵呵，好吧，就140元，这回可以了吧。”

顾客：“哈哈哈哈。”

老板：“你笑什么，难道嫌贵？”

顾客：“不，何止是贵，简直就是用水泵抽我的血！”

老板：“哪里有那么夸张，看你是本地人就120元吧。”

顾客：“……”

老板：“你不会还嫌贵吧，我最多只挣你几块钱。”

顾客：“不，我没有说贵，这条裤子值这个价钱。”

老板：“你真有眼光，快买吧。”

顾客：“裤子是好裤子，只是我口袋里的票子有限啊。”

老板：“那你口袋里有多少钱啊？”

顾客：“90元。”

老板：“天啊，你开玩笑，赔死我了，再添10元。”

顾客：“没得添，我很想给你120元，可无能为力。”

老板：“好吧，交个朋友，你给90元拉倒。”

顾客：“我不会给你90元的，我还要留10元的车费。”

老板：“车费？这和你买裤子有什么关系？”

顾客：“当然，我来自很远很远的地方，我必须坐长途汽车回去，车费10元。”

老板：“你骗人！”

顾客，“我从18岁以后就再也没有骗过人，相信我。你看我的脸，多么的真诚啊。”

老板：“虽然我看不出来你的真诚，但我认赔了，算你80元好了。”

顾客：“等等，我还要补充一点，我还没有吃早饭，我很饿。”

老板：“你！天啊，你太过分了，你在耍花招。”

顾客：“相信我，我很真诚。如果再不吃饭的话，我会昏倒在你面前。”

老板：“我真是倒霉，遇到你这样的滑头。可你的确过分，一会儿要坐车，一会儿又要吃早饭。是不是你一会儿还要说你口渴，想喝饮料呢？”

顾客：“你太小瞧我了。相信我，我没有要求了。”

老板：“相信你？最后一次？”

顾客：“是的，相信我。”

老板：“好吧，痛快些，70元。”

顾客：“我这就给你钱。”

老板：“快些。”

顾客：“等等，这里的颜色好像有点不对劲啊。”

老板：“不，不是，这是磨砂颜色，故意弄成这个样子的，这叫流行。”

顾客：“是吗，怎么看起来像旧裤子？怪怪的。”

老板：“什么？你侮辱我没有关系，但请你不要侮辱我的裤子，这是好东西。”

顾客：“……”

老板：“好吧，我给你看我的进货单……你瞧，进货日期是上个礼拜，进货单位是广州某某服装厂，这怎么能是旧裤子呢？”

顾客：“哦，对不起我误会了，不过……天啊，进货价，20元每

条。”

老板：“哦，不对，不对。这是没有上税前的价钱，缴税后每条成本价是40元。”

顾客：“你在撒谎，你以为我是傻瓜吗，这是增值税发票，是缴税后的价格。这条裤子只值20元，可你……”

老板：“嘿嘿……做生意嘛，你要知道我每天的门面房租金上百呢，不赚钱我吃什么？”

顾客：“光天化日，朗朗乾坤，你心太黑！”

老板：“嘿嘿，30元行不！让我赚点儿。”

顾客：“钱是小意思，只是你的行为让我气愤。你深深伤害了一个消费者的心灵。”

老板：“有那么严重？”

顾客：“难道你认为欺骗行为不严重吗？再发展下去，可就是诈骗，就是犯罪！”

老板：“妈呀，好夸张啊！这样，你消消火，我25元卖给你，就赚5元。”

顾客：“什么？25就是二百五的意思，你瞧不起我？”

老板：“没有没有，就24吧。”

顾客：“有一个4，就是‘死’的意思，不吉利，我很迷信的。”

老板：“天啊，23没有毛病吧？”

顾客：“好吧，成交！”

同音字笑话及口误笑死人

★

和女朋友买洁厕灵，看中一款，女朋友问我这个有毒没，我摇头说不知道，女朋友转头问售货员："请问这个有没有副作用？"售货员小妹妹立马石化了，考虑了几秒钟才摇摇头……姐，副作用？这玩意儿您是吃啊还是喝啊？

一天，正在上数学课，我本来都昏昏欲睡了，突然听见我们那五大三粗的数学老师吼道："同学们，注意听讲，本小姐接下来要给你们讲的是……"我顿时蒙了，我心想你讲课就讲课呗，咋还把自己讲变性了呢？忙问身边同学是怎么一回事，同学一指书，哦，本小节……

一女生突然问一男生：“抽风和痛经有啥区别？”此男大汗曰：“有共同点吗？”此女愣住，十秒钟后说：“呃，其实我是想问痛风和抽筋的区别……”

系里开完新生联欢会，我让老三和老五把那套组合音响送回学生会。递给他们时我怕他们没拿稳，就问：“你们接稳了吗？”“接稳了！接稳了！”两个人异口同声回答。

老四的女朋友也在我们班，两个人无论是实验课还是课程设计都会在一个组，当然每次老四都要多分担些任务。有一天晚上我们玩四国军棋，由于人手不够，硬是把正在做《实习报告》的老四拖来，玩了半宿。第二天上午课间，就听老四的女朋友拿着《实习报告》冲着老四大叫：“你原来没有搞完呀！没搞完就没搞完吧！可是你为什么要骗我呀！”事后，我们请老四吃了顿饭，是兄弟们害得他抬不起头来。

朋友喜欢上了一个女孩，好不容易鼓足勇气把女孩约出来打算表白，就跟我借车去接她。临行时我想给他打打气，就拍拍他的肩膀对他说：“加油啊！”结果他表情复杂地看了我一眼就走了。晚上他回来还车，我发现油箱被加满了……哥们儿，我真不是这意思……

WOHEXIAOHUOBANMEN DOUXIAOWAILE

关于计算机的不着调吹牛笑话

我的CPU是我用一个电容一个电容焊接起来的！好大一砣啊……哈哈哈！

楼上的很厉害，可怜我昨天费了一个晚上的工夫才用小刀在我的硬盘上刻了一个操作系统，我要向大家学习啊！

吹吧，吹牛不上税……我昨天把我家的那台老式电视拆了，七拼八凑变成了一块gf4ti4800的显卡，赚了……

这算什么，刚才我边吃苹果边上网，忽然就死机了，重启了一下就发现操作系统变成了苹果系统。

昨天闲着没事，看着自己的显示器烦，随便找了块碎玻璃，几张马粪纸，又拆了一个收音机，组装了台液晶显示器，凑合用了。

我刚把我56K的猫超频了，结果，我一上网，我家小区那一片的所有电话全部占线。

我刚上大学的时候，大家都用286芯片，显示器也是单显，硬盘就更小得可怜了。我一想，这样不行，于是拆了个彩电的显示屏装在显示器上，单显变彩显了。后来嫌硬盘小，于是回收了一千张5英寸软盘，把里面的芯全部拿出来，粘在了一起，于是一个1G多的硬盘就出来了。

我穷，买不起计算机，现在只能把这个5块钱买的计算器改成计算机上网。缺点是屏幕小，但是原来的计算器是太阳能的，我保留了这个功能。穷啊，将就吧。

各位真是强人啊！我只是把电视遥控加了个摄像头当新款手机凑

合着用。

这里的帖子实在太大，每次打开都快死机。看来内存不足。虽然现在内存便宜，但是我穷啊，还只用128M的。我琢磨了半天，发现一个好办法，我把内存反过来插，嘿！嘀的一声自检通过，内存变成了821M的啦。

我今天下午好不容易抓住一只老鼠，注入芯片把它弄成了一只鼠标。

家里上网速度太慢了！我从旧货堆里找了些废弃的电线做了一条千兆单模光缆和计算机直接连起来！现在40集的电视剧一秒就搞定了！

花6块钱买了两个门铃加了三合板，插上一用，真好，门铃变成了木质音箱，少花了100多……

昨天我把自己的modem（猫）超了一下频，今天早上起来发现我们这个社区的耗子全没有了。

前几天去南极抓了只企鹅硬塞进显示器里面就开始聊天了，可那只企鹅经常咳嗽，我怀疑得了非典……

最近机器老是死机，打开机箱一看，哇，散热片都快化了。于是俺情急之下，把俺家老电风扇上的马达拆下来装了上去。通电一看，嘿嘿，转得真快，测了一下转速，50万转/秒。温度才0.5度。呵呵！这回可不用担心了！

我家的modem（猫）坏了，于是就把我家花猫塞到一个盒子里插根电话线上网，一拨号就是喵喵喵地响，而且不用电，每天往盒子里塞条鱼就行。

我从来就不用杀毒软件，我的网卡是放在醋里面的。

我办公的地方在第30层。有一次老板见我上班时间在玩游戏，他一气之下就抱起我的电脑，从窗外扔了下去。可把我吓坏了，我赶紧冲下楼去。坐电梯是来不及了，只好走楼梯。我拼命往下跑，跑得累死了，但我依然没有放弃。我一跑到一楼，马上冲出楼去。幸好，我冲到的时候那个电脑刚好掉下来，我顺手一接就抱回去了。这样才避免了那个电脑砸到小朋友或者花花草草。

有一次公司派我去美国的IBM总部，向他们定购一台超级计算机。谈成以后，那个两吨重的计算机可把我愁死了。怎么办？公司的

预算已经差不多了，但空运的费用确实不低。总不能海运吧，那样时间来不及。我想啊想，忽然想到一个好法子。原来我来美国的时候，还带了一只鸽子。现在不是刚好派得上用场吗？于是我就将那个计算机绑在了鸽子的脚上，然后放飞它。三天以后，那只鸽子成功将这台两吨重的计算机从美国运到了广州。

我叔叔是警察局长，最近他们破获了一个特大国际贩毒集团的贩毒案。这个贩毒集团已经将贩毒自动化、网络化了。你猜他们用什么输送毒品？是用QQ的传送功能！看来犯罪分子确实已经学会用网络犯罪了。

我的光驱不太好用，读盘太慢，一气之下，我把光驱拆下来扔一边，把我宿舍那台超强纠错VCD给接到电脑上，读盘速度超级快。各位不信可以试试。

网友要我照片，我家穷没有扫描仪，我只好拿出我的一目十行的功夫了，全社区的上万张照片一会儿我就用眼睛扫完了，发给网友叫他看个够，累死他！看他还敢不敢要我照片。

新买的硬盘让我在路上给摔了一下，捡起来就听见里面沙沙作响，估计里面已经摔碎了，拿回家硬盘果然不能用了。没办法，挂在别人的电脑上进行碎片整理，现在用起来马马虎虎，问题不大。

车贴搞笑语N多条

别滴滴，越滴滴越慢！

刹车、油门分不清，都好使！

哥不在江湖，江湖却有哥的传说。

哥用忧郁保持低调……却也让世界烦恼。

驾校除名，自学成才。

别逼我变形。

额滴神啊！

别跟着我，我回火星。

此路不通，请绕行！

不加油了，加奶！

别追了，本人已婚！

漫漫人生路，一直在迷路！

别和地球人一般见识！

不能自拔的除了爱情还有别人地里的萝卜！

英雄不问出处，流氓不看年龄！

我慢，我排量小，你快你飞过去！

我来了，“熊呢？”

别恨我，恨驾校！

壮汉驾车，请勿尾随！

低调是最牛的炫耀。

现在的努力是为了小时候犯过的二。

别跟着我，我也迷路了。

走别人的路，让别人走投无路。

警告！如果你能看到这些字你就快撞到我了！

新手上路，菜味很重！

哥开的不是车，是寂寞！

开车要低调。

我先走，你断后。

别看我，看路！

请超车！新手龟速许可证。

我总在牛A和牛C之间徘徊。

好好玩乐，天天向上。

幸福得直哆嗦！

猎人出没，熊注意！

晚上吃醋，谁家借点螃蟹？

只载美女。

我要加工资！

我是新手，我很自信！

上班睡得香，下班不瞌睡！

别叫我宅女，请叫我居里夫人。

武功再高，也怕菜刀。

妈喊你，别酒后驾车。

车技差，脾气更差！

最穷无非讨饭，不死终会出头。

帅有什么用，到最后还不是被卒吃掉！

我们走得太快，灵魂都跟不上了。

我是出来偷菜的。

不帅，你报警！

我另一辆车是法拉利！

珍惜生命，远离美女！

跟着我，有肉吃！

年度最佳，呕像！

姐开的不是车，是烦恼！

警告！熊猫出没！

活着，就是折腾！

要在江湖混，最好是光棍！

上班不迟到，不是好孩子！

早上不想起床，晚上不想睡觉！

搞革命，促生产。

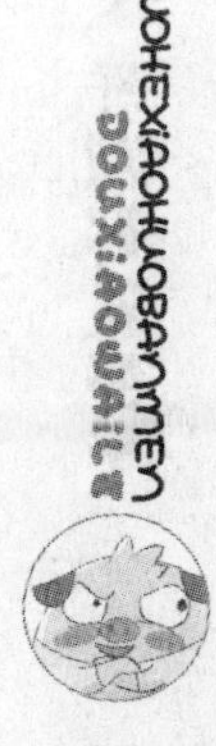

I'M BUSY！我很忙！

靠谱小青年！

每天睡到自然醒，数钱数到手抽筋！

正确对待，男女关系。

内有恶犬。

模范驾驶员。

别叫我宅男，请叫我闭家索。

距离产生美。

老婆说啥，就是啥。

24K纯爷们儿！

喝酒开车，就是快！

不准闷骚！

得瑟！

爱我，追我，别吻我！

非诚勿扰！

核弹后置，保持距离！

移动障碍物，请绕行！

奥特慢！

全民漂移！

队长是我，别开枪！

你的就是我的，我的还是我的。

车技差，脾气更差！

狂奔的蜗牛。

不要迷恋哥，哥只是个传说！

挤在这座城市，给政府添麻烦了。

有面子的幽默回答

主任一行10人从酒店出来，都挤上了一辆旅行轿车。车子在路上被交警拦住，执勤交警问："车子定员是几位？"

司机说："8位。"

交警又问："你们车上坐了多少人？"

主任抢先回答说："正好一桌。"

警察拘留了两个闹事的流浪汉，并询问了他们的住处。

一个流浪汉说："我家住在空空如也！"

"你呢？"

另一个回答："我家和他家门当户对！"

刚领了工资的老李从财务科走出来，小马忙迎上去：“老李，上个月借我的50元钱该还了吧？”

“不好意思！”老李笑眯眯道，“本来是要还的，但是这个月我迟到了两次，财务把那50元钱给扣掉了。

城里人带乡下亲戚去宏大的体育场看足球赛，让他开开眼界，“怎么样，场面很大吧？”城里人说。

乡下亲戚不甘示弱：“没啥稀奇的，就跟咱家养的兔子和鸡差不多，赶来赶去不肯进窝。”

某公司一男下属到女上司办公室，想请几天假。女上司苦于人少事多，希望他克服自己的困难，尽量不要请假，说：“你也知道我这里是一个萝卜一个坑，你这萝卜走了，我这空着的坑该咋办？”

男下属回到自己办公室，旁边的同事关心地问：“领导准你的假了不？”

该男无奈地说：“领导说她的坑不能空着，不放我这萝卜走。”

办公室众人张口结舌。

搞笑小学生另类造句

牛排：一群牛排着队前行。

牛顿：王二伯听说家里丢了牛顿时昏死过去。

手表：王二伯的牛找回来了，他拉着民警的手表示感谢。

大学：我家老大学习很好。

格外：小明不听话，总是把字写到格外。

水平：别急别急，先喝杯水平静一下。

风味：悟空说："这阵风味道异常，定有妖怪！"

口才：人有口才可以吃饭。

从容：做事应从容易事做起。

总是：杨总是地球人。

交手：话费如果还不交手机就会被停机了。

人才：为了减肥，有些人才吃一顿饭。

难看：由于云的遮挡，我很难看见太阳。

的士：大部分的士兵都当不了将军，甚至连连长都当不了。

墨水：我姐的男朋友胸无点墨水平很低。

月球：已经过了四个月球场还没修好。

大使：作文中出现概率最大、使用次数最多的人名是“小明”和“小红”。

凡是：同学说自命不凡是我最大的特点。

如果：通过品尝，我觉得牛奶不如果汁可口。

团结：今天吃了两个饭团结果闹肚子了。

可爱：她可爱打扮了。

雷人爆笑的师生们

食堂内不准喂饭！——某高校张贴在学生食堂内的标语。

差四百分上北大！

通知：好消息，好消息！今天中午在二食堂用餐的同学将有幸于下午四时到校医院接受免费的X光身体检查，本活动仅此一天，过期无效！（看清楚喽，可是免费的哦！）

（下书小字：因食堂刘师傅工作疏忽，炒菜时不慎丢失小铁铲一把，钢饭勺四把，破抹布一块）

这个世界上本没有四六级，考的人多了，也就有了四六级；也无所谓挂科，挂的人多了，也就有了挂科。

走廊里，一个漂亮妹妹迎面向我走来：“哇塞，你真帅！”我一个耳光飞过去骂道：“靠，废话！”

大学“混”之N重境界：

一等：什么？明天要考高数？

超等：什么？下节课要考高数？

仙等：什么？刚才考的是高数？

佛等：什么？我们学过高数？

天外飞仙等：什么？高数是哪个国家的语言？要求必须过四级吗？

一对恋人在自习室里一起学英文，突然女孩想放屁，但又不好意思，于是急中生智问男孩：“你想听布谷鸟是怎样叫的吗？”男孩点头。女孩模仿：“咕咕，咕咕。”趁机把屁放了。女孩问：“好听吗？”男孩答：“放屁声太大，没听到。”女孩很不好意思，遂指着书上的三个单词，男孩念到：“Peace war found.（屁是我放的。）”

初中的时候，一同学有一次在上学路上的早餐铺吃早餐。

拿了张100的找了90多，结果50那张是假的。

他去找老板，老板不给换。

于是恼羞成怒的他用剩下的真钱去路边买了一大堆……冥币！

从此每天骑车路过撒一把在店里，半个月后老板终于把50元双手奉还……

广播体操大赛，有俩哥们儿一直坐在草坪上看比赛。

教导主任用喇叭喊道：“草坪上的同学请离开，请离开。”

两人无动于衷。于是教导主任大喊：“同学们，大家快看，草坪上的两个男同学，他们在干什么呢？”

班上有一同学十分粗心，经常出错。

一天他写作文时漏掉了一个“出”字，被老师扣了10分。

不少同学都有点儿替他打抱不平：“就漏了一个字，竟扣了10分，老师也太狠心了。”

这时，有同学问道：“你到底漏了哪个字？”

那同学拿出作文本，大家一看，眼睛都瞪直了。

只见上面写着：“为了使班级更进一步，我们要更色！”

“你的老师怎么样？”

“她的记性坏透了，刚才她还说1+1=2，现在又说是3-1=2

了。”

老师：“巴西在哪里？”

阿呆：“在地理课本第51页。”

老师教育一个屡犯错误的学生：“犯一次错误就应该吸取一次教训，你为什么屡教不改呢？”此学生谦虚地答道：“我觉得我吸取的教训还不够。”

★

我成绩很差，挂了好多科，毕业时，老师问我：“上大学遗憾吗？”

我说：“没上大学之前，感觉不上很遗憾；上了大学之后，感觉上了很遗憾。”

如果世界末日真的来了，我们就一起死吧

如果世界末日真的来了，我们就一起死吧，如果末日过了我们还活着，不如我们就在一起吧！

小时候认为自己长大后能拯救世界，长大后才发现，世界都拯救不了我。

奥特曼打败怪兽后，奥特曼哭了，因为奥特曼想念怪兽。

忽然有学习的冲动怎么办？答：别慌，喝点水躺下来休息一会儿就好了。

生活很苦，开心很难。所以要看开一点，你有什么不开心的，说出来让大家开心一下。

猛地一看你不怎么样，仔细一看还不如猛地一看呢。

树不要皮，必死无疑。人不要脸，天下无敌。

猪你情人节倒霉，猪你蛋糕发霉，猪你越吃越肥，猪你缺钙少腿。

有时候不是对方忽略了你，而是你太闲了。

从来不敢去想，明天会不会更好，我只想下一顿饭能不能吃饱。

突然转身，才发现原来陪在我身边的一直是两只狗。

原来这个世界，每时每刻，都可以改变一个人。

每当打扫卫生时，公司总会说“公司是你家”；可当你一迟到，公司又会说“你当公司是你家？”

可以重复着初恋，却不可以重复着后悔，你可以重复着后悔，却不可以重复着最爱。

如果聪明要受惩罚，我岂不是要千刀万剐；如果得不到灵魂，岂在乎耳鬓厮磨?

别人笑我穿得厚，我笑他人冻得透。

当有人抬头时不一定是在看天空，可能是在看春联贴正了没有。

我家的电脑跟我有了共同语言，我对它一温柔，它就很知趣地死机，让我万分激动。

睡觉是门艺术，谁也无法阻挡我追求艺术的脚步。

我的精神分裂治好了，现在我和我过得都很好。

要坚信，只要活着就一定会遇到好吃的。

俏皮话大集合

好久没有人把牛皮吹得这么清新脱俗了！

老板，钱对你来说真的就那么重要吗？讲了三个多小时了一分钱都不降？

一觉醒来，天都黑了。

我要是做了人事部经理，第一件事就是提拔自己做老总。

我每天除了吃饭的时间全在减肥，你还说我没有毅力？

水能载舟，亦能煮粥。

买了电脑不上宽带，就好比酒肉都准备好了却在吃饭前当了和尚。

只要你敢死，我就敢埋！

你又不聪明，还敢学人家秃顶？

有一个很古老的传说：能在XX校园里看到美女的人会长生不老……

如果连你也不理我，我就变成狗不理了……

生，容易；活，容易；生活，不容易。

打死你我也不会说。

戒烟容易，戒你太难！

不吃饱哪儿有力气减肥啊?

奈何桥上的老婆婆都卖上百事可乐了，你叫我怎么忘记你?

早起的鸟儿有虫吃，早起的虫虫被鸟吃。

如果我做了皇帝，一定封你当太子。

只要锄头舞得好，哪有墙角挖不倒?

天哪，我的衣服又瘦了！

我在女友手机里的名字是“他”，分手后，我就变成了“它”。

避孕的效果：不成功，便成人。

我和你不一样，因为我是人。

我真想亲口管你爷爷叫声：“爹！”

我喝水只喝纯净水，牛奶只喝纯牛奶，所以我很单纯……

同样的一瓶饮料，便利店里7块钱，五星饭店里60块钱。很多时候，一个人的价值取决于所在的位置。

成熟不是心态老，而是眼泪在眼里打转却还保持微笑。

无耻之徒的最高境界是完全意识不到自己无耻。

男人，当他不属于你时，让你感叹什么是完美；当他属于你后，让你感叹什么是真实。

男人花钱，是为了让女人高兴；女人花钱，是因为男人让她们不高兴。

热恋时，相许下辈子再结良缘，结婚后常怀疑是不是上辈子造了孽缘。

无理取闹，必有所图。

幸福是个比较级，要有东西垫底才感觉得到。

问候不一定要郑重其事，但一定要真诚感人。

人，长得漂亮不如活得漂亮。

有些事，明知是错的，也要去坚持，因为不甘心；有些人，明知是爱的，也要去放弃，因为没结局；有时候，明知没路了，却还在前行，因为习惯了。

海阔凭鱼跃，破鼓任人捶。

能说出的委屈，就不算委屈；能够抢走的爱人，就没有资格叫爱人。

烟不听话，所以我“抽烟”。

你可以像猪一样地生活，但你永远都不能像猪那样快乐！

上帝把所有人都骗了，因为地狱才是最美的！佛知道真相，所以佛说：“我不入地狱，谁入地狱？”

当头晕的时候我终于明白了什么叫爱情。

喝醉了我谁也不服，我只扶墙。

难道全世界的鸡蛋联合起来就能打破石头吗？所以做人还是要现实些。

不怕被人利用，就怕你没用。

有钱人终成眷属。

大部分人一辈子只做三件事：自欺、欺人、被人欺。

别人的钱财乃我的身外之物。

现在的梦想决定着你的将来，还是再睡一会儿吧。

穿别人的鞋，走自己的路，让他们打的找去吧。

你以为我会眼睁睁地看着你去送死吗？我会闭上眼睛的！

什么是生活，生活就是一个锤子，把你的理想坛子一个个击碎！

有一颗豆跌倒了，它气馁，情绪低落。这豆就是我，有什么能鼓励它站起来呢？答案就是你！因为有一样东西，叫“猪鼓励豆”。

如果说烧一年的香可以与你相遇，烧三年的香可以与你相识，烧十年的香可以与你相惜，为了我下辈子的幸福，我愿意……改信天主教。

都说春风似剪刀，这天天风雨简直就是青龙偃月刀……

达·芬奇密码的上面，是达·芬奇账号。你知道达·芬奇密码的下面是什么吗？是达·芬奇验证码。

自从上了微博后，每当涮火锅时煮粉丝都有一种负罪感。

有多少理想被毁于现实的残酷，就有多少美梦被毁于快递的敲门声……

书籍是人类进步的阶梯，电子书就是人类进步的电梯。

正宗老字号，绝对不坑爹。

三思而后行只是少数，大部分还是三思而不行。

昨天，我和前妻在分别两年之后第一次发生了接触。这么说确实比“被她抽了一耳光”来得好听……

圣诞笑话一箩筐

圣诞节和老婆逛街，谁知道在街上遇见多年未见的班花。

她问我最近都忙啥，我如实回答：“这两天很忙。昨天给中石油下了个单，今天签订了与电信的合约，明天还要去谈一个与联通、苹果三方合作的方案。”

媳妇从后面给了我一脚，吼道：“加个油，装个宽带，买个手机，你得瑟个啥？”

圣诞节晚上上网的时候看到好友的状态及回复，感觉到这是个神马世道。一女生状态如下曰：迎面走来一个男生，一手抱着一人高的熊，一手飞快地发着短信，我就知道有个女生要幸福了。

一楼：也许一个男生幸福了，你的思路没有打开。

二楼：也许一个男生不幸福了，另一个要幸福了，你的思路没有打开。

三楼：也许一个女生幸福了，然后女生把幸福传递给另外一个女生，思路要打开。

还记得那个圣诞节吗？春风荡漾在你的脸上，嫩草发芽了，菊花开了，葡萄紫了，黑木耳也上市了！你含着一支冰棍向我走来，贪婪地舔舐了几口，然后含情脉脉地说了句：“中秋快乐！”

圣诞节打算给老爹打电话，说打咱就打过去了……

“喂？爸，圣诞快乐哈！”

“谁啊？”

“爸，是我。”

“哦……没钱了？要多少？”

“我不是要钱，想你了就打个电话，过几天准备回家。”

“路费不够了？”

“不是！哎，爸，我给你买了双皮鞋，你那鞋不是坏了吗？我给你买了一双。”

“所以没钱了？”

“……”

圣诞节到来，法官心情愉悦地问受审人：“你干了什么坏事

呀？”“我今年圣诞购物早了些。”犯人哭着回答。“那并不是件坏事，”法官说，“到底多早啊？”“商店开门之前。”犯人答道。

圣诞节将到，某单位举行了一次圣诞晚会，由于节目很多，圣诞老人要在最后才出来向大家祝福。

扮演圣诞老人的演员无事可做，便在后台把胡须拿下来吃鸡腿。

当主持人说：“现在由圣诞老人向大家祝贺圣诞节快乐。有请圣诞老人。”这时扮演圣诞老人的演员慌张地上了台，把胡须给忘了。主持人一看，不对呀，这圣诞老人怎么没有胡须呢？急忙说：“你是何人呀？”这时他知道自己忘记戴胡须了，急中生智说：“我是圣诞老人的孙子。”主持人马上说：“请你把你的爷爷叫来。”他马上跑到后台戴上胡须出来，对大家说：“你们有没有看到我的孙子？”

微妙搞笑的家庭趣事

我爹经常不按套路出招。

我上初中的时候，和同学在学校附近偷偷抽烟。

刚抽两口，我同学惊呼："你爸！"

我一看，吓得我一下把烟就扔了，感觉整个世界都黑了。

然后我爹怒气冲冲地指着我骂道："小兔崽子！烟剩那么长你就给我扔了？"

妈妈买了一条鱼，市场不管收拾。

妈妈回到家发现鱼没死，不忍心杀，于是上网求救。

有一个神人出了一个妙招："放点水淹死。"

大多数人的妈妈都骗过自己的孩子说孩子是垃圾桶里捡来的。

我问我妈妈说我是哪儿来的，妈妈说是她生的。

我问：“你怎么不说我是垃圾桶里捡的？”

妈妈回答说：“我又不是捡垃圾的。”

儿子成绩很差，这一直是我的一块心病。

这一天，儿子数学考了个55分，这让我相当生气，拿着家法小木棒就想动手。

没想到那股迷老公对于儿子的分数却相当满意：“咱儿子上次不是考了50分吗，这次一下就涨停了，难道不值得高兴吗？”

晚上，孩子在学习，我在书柜中想要找本书看看。看到书柜中有一本薄薄的书，我就抽出来看，原来是教做包子的。不一会儿，老公来到书房，看到我正在看书，就问我看的是什么。我把书的封面给老公看了一眼。老公诧异地说：“书柜中那么多的书，有孔子的，还有孟子的，你却看包子。”

★

大雪下了整整一夜，第二天一早，我准备好工具，打算带儿子到小区的广场上堆雪人。

在出门之前，儿子和我商量：“爸爸，到了广场上，你站着别动，我往你身上铲雪，让我堆一个又高又大、还会跑会眨眼睛的雪人好不好？”

睡觉前爸爸对儿子说：“明天考试，如果你考到班级前3名，爸爸奖励你100元。”

儿子高兴坏了，爸爸说：“好了，早点睡觉吧，只有养精蓄锐才能考好。”

儿子：“爸爸，我睡不着。”

爸爸：“为啥睡不着。”

儿子：“奖励100元，不知你说话算不算数？”

爸爸：“一诺千金，老爸说的话绝对算数，赶紧睡吧。”

儿子：“爸爸，我还是睡不着。”

爸爸：“又怎么了？”

儿子：“我在想，这100元奖金应该怎么花？”

妈妈正在减肥中，吃晚饭时对我说：“宝贝儿，给我盛多点饭，我只能吃一碗。”

和老公结婚登记，出了民政局大门，老公喜滋滋地给婆婆打电话。

老公：“妈，恭喜你啊，你有儿媳妇了！”

婆婆：“哎呀，谢谢谢谢！太客气了！同喜同喜啊！”

我：“……”

同学在看《灌篮高手》的动画片，他老妈经过，正好看见流川枫的亲卫队在跳大腿舞：“流川枫，我爱你！”

同学老妈很疑惑地问了一句：“这是什么组织？”

同学：……

我大一的时候，手机还没有普及，所以老爸打电话只能打寝室电话找我，有一天老爸打电话过来，一室友接了。

室友：“喂，你好，请问找哪位？”

我爸：“你好你好，我找我的宝贝女儿。”

室友：“……叔叔，这里全是宝贝女儿。”

有一次，别人送了只小狗给我。我和家人商量给小狗起个名字。开始我爸没搭腔，后来突然说了句：“叫赛赛吧。”我们都觉得不错。我妈还说：“嗯，好！喜欢比赛，好胜。”过了半天，我爸说：“我们有个同事叫李赛。”

一天早上，我骑着我那辆破自行车去上班，路上我娘给我打电话，因为没戴耳机，所以我说快挂吧，我骑车呢！老人家宽容地说：“那好吧，你小心驾驶。”

前些日子我烫了一个爆炸头，回到家我妈震惊地问我：“你摸了

电门啊？”

晚上我和老妈两个人横躺在沙发上，我抬起腿捏了捏我粗壮的小腿肚，对老妈说：“妈，你说我这要是今晚睡一宿觉，明早上发现我的小腿肚子上的肉都没了该多好！”

我老妈横了我一眼，说：“这要是明早上一起来你发现你小腿变细了，床边上多出一堆肉来，还不吓死你啊！”

有一次看“加油好男儿”，我特激动地跟老妈说：“妈，你快看看，都是帅哥。”结果老妈特无聊地回我一句：“有啥好看的，长得帅有啥用，又不是你对象！”

有一日，我老妈和我去逛街，路上遇见我一同学，我同学跟我妈打了个招呼，说：“阿姨真年轻！”我妈立刻得意地大笑，赶紧抓着我那同学的手说：“走走走！咱一起去逛街！我也给你买件衣服！”

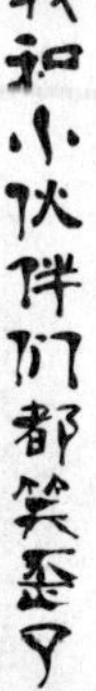

几年前，老妈刚用手机，短信从来不会发，某天我跟老妈短信记录如下：

妈：“你杂么”（翻译：“你在干什么？”）

我：“啊？老妈你会发短信了啊，哈哈！”

妈：“哈欠”（估计是打‘哈’多按了下。）

半个小时后……

妈："风轻轻地吹，带去我对你的思念。"

我："老妈你干吗？"

妈："练练发信。"

我："……"

之后数小时，收到我妈各种类型骚扰短信无数。

再后来，老妈打电话来："女儿啊，倾诉的倾字怎么拼啊？"我说："Qing啊，老妈你干吗？"回答："没事了，88！"

5分钟后，收到老妈短信："大海呼啸，倾诉我对你的深情。"

彻底吐血晕倒！

一日，我正在批评6岁的女儿作业写得不好。

老婆进来对我："把这个瓶盖打开！"

我故意拿着劲："看着小的，还要照顾大的，幸亏家里就两个女人。"

老婆愤愤道："我每天回家后就没闲着过，挣钱还比你多！"

我问心有愧，无可奈何地说："就当是你花钱买我回家吃闲饭的好了。"

老婆得理不让人地说："还不如当初买个更好的。"

女儿高声插嘴："就是，妈妈，以后打折的东西不能买！"

不管谁给我打电话，只要爸爸在我旁边，感觉是我一个男生朋友的话，他就会来一句："大胆狂徒。"我装作没听到，爸爸就会再来凑热闹，抢我电话还说："让我也聊聊天嘛！让我跟着这小伙子年轻点，争取把他骗过来……"

现在要是来短信或是电话，爸爸妈妈会异口同声喊：“沈舟？”

我急忙说不是，然后他们又说：“兄弟？”

我也说不是，他们又来：“那是谁啊？”

我：“你们咋这么八卦啊？”

老婆说：“孩子成绩上不去，咱俩以后你辅导孩子数学，我辅导语文，要是谁辅导的课考试成绩低，谁做饭一个月，怎么样？”

丈夫：“这主意好啊，就这么办。”一段时间后，女儿考试成绩下来了，语文85，数学90。老婆看到成绩，闷闷不乐地做饭去了。饭桌上，女儿说：“妈妈，我是故意让语文分比数学低的，因为爸爸做的饭太难吃……”

妈妈问儿子：“你跟你的女朋友约会时，都谈什么了？”儿子说：“我们主要是谈吃。我说你喜欢吃海鲜，尤其喜欢吃螃蟹。”妈妈问，“你问她爱吃什么？”儿子说：“她说跟你一样，也爱吃蟹。”妈妈说：“下次你们再约会，你告诉她我还爱吃虾酱、臭豆腐。”

我教书的乡下冬天很冷，气温常在零摄氏度以下。一天早晨，有个学生迟到了，他母亲写了封信给我：“老师，我们家的公鸡冻僵了，以至于小儿未能准时起床上学，请原谅！”

我想让儿子学乐器，但又舍不得花钱，正犹豫不决呢，老婆看出了我的心思，说：“有一种乐器倒是不用花一分钱！”我大喜，忙问：“快说说，是啥乐器？”老婆撇着嘴回答：“吹口哨呗！”

晚饭时间到，老妈吃了半碗饭后说：“肚子比较胀，饭吃不下了！”话音刚落，只见她拿起了一块蛋糕开吃，我不淡定了：“妈，你不是肚子胀吗？”老妈淡定地答道：“吃点干的吸吸水！”

特不着调的爆冷男女

男朋友问我：“你喜欢哪个包？”

我看了看：“红色的那个吧。”

男朋友笑了笑：“傻瓜，那个不是名牌。别怕，挑你喜欢的就好，多贵都没关系。”我心中一暖，指了指路过的女人背着的包：“就她吧。”男朋友给我了一个吻，然后发动摩托，向那个女人冲了过去。

我女友要和我分手，她说她喜欢的一些小东西，比如：小别墅、小汽车、小亿万富翁……我都没有。

女：“我今天好看吗？”

男：“整体有种柳暗花明的感觉。”

女：“是说我搭得很漂亮是吗？”

男：“又一村……妇……”

猪A：“亲爱的母猪，我听到了一个很不好的消息。”

猪B：“什么消息啊？让你这么难过，亲爱的公猪。”

猪A：“我听到很多人都说我们是猪，我真是受不了了，我们还是分手吧！”

猪B：“你真是猪一样啊，我们本来就是猪啊，还怕别人说是猪啊！你真是一个猪脑袋。”

早上在厕所拉便便，喉咙突然很痒，忍不住咳了几声。

在客厅的老公关切地问：“怎么了噢，是不是噎着了？”

我……

周日上午，我和老婆去商场买衣服，可到了那里一看，老婆看好的一件衣服卖完了，最后只给我买了一件花格子衬衫。我穿上新衣服以后，老婆一看就来气，冲我直翻白眼。

下午，我穿着新衬衫和老婆在小河边散步，正巧看见一只漂亮的大公鸡和一只不太好看的黑母鸡在河边觅食，我惊叹道：“看那公鸡多漂亮，那母鸡多难看！”

老婆一听又白了我一眼，说：“你看那公鸡连蛋都不会下，再不穿得漂亮点儿，那还有什么用！”

老婆：“如果我们死了，都下地狱怎么办？”

老公：“我会祈求上帝让你去天堂，我一个人去地狱的！”

老婆：“算你有良心！”

老公：“我怕我们两个都在地狱，又结为夫妻，对我来说，那才是真正的地狱。”

他背着老婆走在回家的路上，突然他温柔地对老婆说：“每次背着你我都会觉得我背着的，是责任。”

她害羞地把头埋在他背上，他停下来喘了口气：“责任，重于泰山啊！”

我坐在那儿剥橘子。我问老公：“橘子你吃吗？”

老公说：“甜不甜？”

我说：“应该差不了，橘子皮上贴着‘蜜橘’字样呢。”

老公听了抬头复杂地看了我一眼，说：“咱俩认识的时候，介绍人还说你脾气好着呢，可结果呢？不能相信包装。”

我在报纸上看到一则报道：一项心理学研究发现，唠叨对于女性来说好处很多，它能帮助女性提高记忆力，并延长寿命。

当我把这个重大发现讲给老公听时，他瞪大眼睛说：“这是真的吗？”

我说：“当然是真的，不信你自己看。”

他看完后面色沉重地说：“这个研究太可怕了！”

两个男人聊天。

A：“我老婆昨天竟然穿着学生服跟我装嫩！”

B：“你老婆还挺有情趣的嘛，然后呢？”

A：“我给她布置了自习课，然后就出来了。”

超有笑的愚人笑事

刚学游泳那会儿，还没学会换气，只是把头闷在水里，然后胳膊往前刨，会漂个10米远的样子。某天去游泳，一头闷进水里游开了，但是感觉手按到了什么东西，因为在浅水区，就站了起来，见旁边一男的从水里冒出来人叫："谁干的？"原来我一刨子给那人按水里了。

我小时候老爹让我学游泳，把我扔到泳池，我这个怕啊，握着泳池边上栏杆不撒手，狂喊救命，还真过来一人，搞清楚是我亲爹，人家走了，我横下心，和我爸说你要是再扔我，我就把你泳裤扯下来，汗……

一支游泳队参加国际比赛归来，在机场，教练在接受记者采访时说：“是的，虽然我们队一块奖牌也没得到，但是也应该看到，在比赛中，我们队也没有一人被淹死。”

一个小伙子大老远地来到鉴宝节目现场，拿出瓷器，几个专家认真辨认后，告诉小伙子是宋瓷。小伙子的高兴劲儿可想而知，急忙掏出手机说要给爷爷打电话。摄像师见状，赶紧悄悄跟过去抓拍，只听小伙子高兴地说：“爷爷，专家说了，你烧的瓷器是宋朝的！”

A：“我老婆和收电费的吵了一架。”

B：“谁赢了？”

A：“没赢没输。我家的电被断了，他也没从我老婆那里收到电费。”

A：“你拿着胶带干吗？”

B：“别提了，早上买饭，找回来一张撕开的一元纸币，我就想买个胶带粘一下。”

A：“那为什么不粘啊？”

B：“买胶带时把那一元钱花掉了，现在拿着胶带不知道干吗用了。”

毕业三年后，同学们聚会，看着他们一个个的开着宝马奔驰来，左边一个美女，右边一个美女，他们是生意越做越大，我呢，我呢，我是屁股越坐越大。

女同事：“你喜欢什么样的女孩？”

男同事：“我喜欢你这样的。”

女同事：“讨厌，你喜欢人家就直接说吗，你喜欢人家哪里啊？”

男同事：“尖嘴猴腮，四肢发达，长得跟类人猿似的。”

一天，同事出去溜达，看到一条狗。他拿着面包，蹲下来看着狗，狗开始摇尾巴，开始伸舌头，开始摇晃，摇晃啊摇晃，等着吃面包。这货撕掉一小块面包，放在狗嘴的上方，来一句：“叫爹，叫爹就给你吃。”

某人就他个人发展方向征求他朋友的意见。

他：“你说我将来是做个诗人呢，还是做个画家？”

朋友：“做诗人吧，现在的诗写起来很简单。”

他：“为什么不赞成我做画家呢？”

朋友：“因为我看过你的画。”

有个人爱说好话，从不得罪人。一天，他的朋友批评他：“你就

是个老好人，就是万恶的魔鬼你也会说他的好话。”此人道：“虽然他没有我想象中的好，不过他可是个很勤快的人啊！”

寝室一女生平时就是个迷糊虫，有一次拿杯子喝水，然后就看整杯水全洒她身上了，大家就纳闷儿地问她咋了，她淡定地说：“没事儿，喝水忘张嘴了。”

在一个大风雪天，一位外聘的教授来到教室，发现教室里面只有一个人坐在那儿。他等了一会儿，仍然没有其他学生来，于是他对那一个人讲了起来，讲完后正准备离开，那个听课的人叫住他，说：“喂，你别走，该我上课了。”

整你没商量

你问他：“一个三点水加一个‘来’是什么字？”

他想了一想说：“不确定，涞（lai）？”

你再问：“一个三点水加一个‘去’呢？”

他80%会说：“……什么字？有这个字吗？去？”

其实应该是“法”……

甲：“世界上什么老鼠有两条腿？”

乙：“……”

甲：“给点提示，一个卡通人物。”

乙：“米老鼠。”

甲：“那世界上什么鸭子有两条腿？”

乙：“唐老鸭。”

甲：“你家鸭子不也是有两条腿？！”

随便找3个东西，比如3个杯子吧，你敲第一个时让你的朋友说“忘”，敲第二个说“情”，敲第三个说“水”，美其名曰测试你朋友的反应速度，几次之后，不停地敲第一个，你的朋友如果跟着说“忘，忘，忘，忘，汪，汪，汪，汪，汪……”呵呵，效果就出来了。

伸出1个手指，问别人说：“这是几？”再次伸出2个手指，问别人说：“这是几？”再次伸出3个手指，问别人说：“1＋1是几？”10人里最多1人答对。

王朔的小说《一半是火焰，一半是海水》里面的游戏很有意思。就是手中夹硬币然后回答问题的那一个。

问：“比1大的数字有吗？”对方说：“有。”

再问：“比10大的有没有？”对方说：“有。”

直到说到100000……

最后问：“比你傻的傻瓜的有没有？”

对方会很警觉地说：“没有！”

找一个MM，你可以说要测测她的英语反应能力，伸出左手，对她说：“我点拇指是A，食指是C，中指是M，无名指是S，小指是X。”然后说：“为了增加难度，我会用中文干扰你。然后，你指中指说鱼，她会说M，你指无名指说驴，她会说S，然后再指拇指说猪，她会说A，然后一直点拇指说猪，她会一直说：A，A，A，A，A，A……如果她聪明，可以多试其他的手指之后再说拇指。

把双手放在大腿上，然后左手做向前摩擦的动作，右手做上下捶击的动作，重复几下，然后换手做，改成右手做向前摩擦的动作，左手做上下捶击的动作……如此反复……对了，速度要快些，慢了就没效果了。

找一个朋友，让他先说三遍“老鼠”，然后再说3遍“鼠老”，待他说完“老鼠，老鼠，老鼠，鼠老，鼠老，鼠老”之后，立即问他“猫最怕什么”，几乎可以保证他会答“老鼠”，本人试过多次，屡试不爽。

甲：“除了人，什么动物最爱问‘为什么’？”

乙：“不知道。”

甲：“是猪！”

乙：“为什么？”

哈！

找一个MM，说是测试她的英文能力。由你说一个单词，MM说这个单词的第二个字母。开始时随便说几个，接着好戏开始。

先说husband，MM会说u(you)；

再说wife，MM会说i（I）；

反复。

……

明白了吗?

瘦子超幽默自我笑侃

“假如我是一部手机，那一定是最贵的那种。”“为什么？”“一看就是属于超薄型的。”

起风了，我随风翩翩起舞。我正陶醉于自己漂亮的舞姿，只看见有人指着我说：“快来看呀，那个风筝飞得好快呀！”

我长得挺节能环保的。我的身板儿狭小，一般不会出汗，衣服可以多穿几天。洗澡时既省水又省气，而且还省香皂和沐浴露。穿的衣服型号小，省布。呼吸时吞吐量小，省氧气。占地面积小，省空间，很低碳的。

如果你是W，我就是V；如果你是大S，我就是小S；如果你是Ⅱ，我就是Ⅰ；如果你是从，我就是人。总之，我远没有你长得声势浩大。

请不要用异样的眼光看我，我并非是基础设施没有完善，只不过是基础设施比较简陋而已。

我最不喜欢照相，因为很多人都说我本身就是一张稍微厚实一点的照片，只看过给人照相的，还没看过给照片照相的。

朋友说我长得十分和谐，即使招惹了别人，也不会有人揍我。我百思不得其解，朋友一脸不屑地说：“谁也不愿意玷污自己的拳头，背上欺负弱者的恶名。”

去图书馆看书，图书管理员看了我半天，对我说：“朋友，你长得挺有文化素养的。” 我兴奋地问：“你怎么看出来的？”图书管理员说：“你长得跟书签似的，谁看不出来？”

末日过后最新冷笑话精选

★

20号微博会被刷屏："卧槽明天就要世界末日了!"21号："卧槽今天世界末日了!"22号："卧槽哪些傻子说21号是世界末日的？"

★

小明："爸爸，我到底是哪里来的？"

爸爸："这个，这个……你是网上下载的。"

小明："可是，我们家去年才有网络啊，我都6岁了啊？"

妈妈在旁边打圆场："傻孩子，是蹭了隔壁王叔叔家的WIFI。"

爸爸内心咯噔一下：好像哪里有点不对啊!

司机：“雾大啥都看不到，过个大路口，到路中心才发现红灯咋整？”

交警：“你都看不到红灯，摄像头十有八九也拍不到。”

菩提祖师见猴王长得像个猢狲，便给他取了个姓氏为“孙”。

至于名字，祖师抬头望了望天色，皱着眉头说道：“干脆你就叫雾空吧。”

到公园约会，等了半天没见女友来，一打电话她说她也坐在那个椅子上。我一摸身边还真有一裘皮大衣美女，亲了一阵后，发现是条哈士奇。

★

一朋友去买火车票，买了很久才回来，我就问他：“是不是有很多人在排队买票啊！”

他说：“其实排队的人不多。”我问他：“那你怎么去了这么久才回来？”他说：“因为不排队的人太多了！”

WOHEXIAOHUOBANMEN
DOUXIAOWAILE

时间带来的雷人变化

同学A：“我觉得我的时间观念太差了。”

同学B：“怎么了？”

A：“上课的时候知道是周几，不知道是几号；考试的时候知道是几号，不知道是周几；放假回家了，几号和周几都不知道了。”

以前有女同学给我打电话，我妈总是说：“怎么有女的找你？”

现在我妈总是说：“快，快，找你的，是个女的！”

结婚第一年，老婆走路撞树上了，老公会说：“撞疼了吧？来，我看看。”

结婚第七年，老婆走路又撞树上了，老公会说："没长眼睛啊，你瞎啊你……"

小时候摔跤，总要看周围有没有人，有就哭，没有就爬起来；长大后，遇到不开心的事，也要看周围有没有人，有就爬起来，没有就哭。

一个刚结婚的男人，如果满脸喜气，我们明白是何原因。如果一个结婚十年的男人也满脸喜气，很可能是有了外遇。

幽默的海陆空交通笑话

一个跳伞员跳出机舱后，却怎么也打不开降落伞，毫无希望地飞速下坠。在离地面六百米的空中，他遇上了一个被一阵爆炸气浪掀上天的妇人。跳伞员拼命向那妇人吼道：“你能打开降落伞吗？”“不！”妇人回叫道，“你会修液化气炉吗？”

有一艘船在航行时遇到了风暴，正逐渐地下沉。船长在风暴中大声地问道：“谁会祈祷？”船上一名神父自告奋勇地回答：“我会。”船长说：“那好，你祈祷吧！我们其余的人都套上救生圈，因为正巧差一个救生圈。”

一口油井起大火，公司老板请来了专业救火队员。可是火势猛烈，救火队员无法靠近，只能远在千米之外行动。不久，与公司有关的一支业余救火队也来了。只见一辆破旧的救火车一个劲儿直往火焰里冲，到离油井50米左右的地方才停下来。接着，救火队员赶紧冒着生命危险抓起水龙头救火。火势迅速得到控制，不一会儿便扑灭了。公司老板发给这支勇敢的救火队数千美元奖金。有人问救火队队长怎样使用这笔钱，他不假思索地说："首先要大修救火车的刹车制动器，差点儿把十几个人送到火堆里去了！"

一位旅客指着火车站里的六个钟问列车员："你们这里六个大钟指着的时间都不一样，这是什么意思？"列车员泰然地回答道："要是所指的时间都一样，那还要挂出六个钟来吗？"

火车站挤满了回家的旅客。一列又一列的火车不是误点，就是被取消。终于一位愤怒的旅客对车站职员说："我不明白铁路公司干吗要印时刻表！"车站职员说："我也不知道，不过，我认为是为了便于大家计算火车究竟误点多久了吧。"

两个年轻的神父同骑一辆自行车在路上飞驰，速度快得惊人，被警察拦住。"你们不觉得太快了一点儿吗？"警察问他们。"不，我们觉得一点儿也不快。"神父一同辩解道。"可是，如果你们照这样的速度骑是要出事故的！""不用怕，孩子！天主和我们同在。"一个神父说。"如此说来，我更要罚你们的钱，因为三人不能同骑一辆自行车。”

一名出差人员找了个交警问路：“对不起，这里去火车站要走多久？”年轻的警察摇摇头。“哎，这人太不熟悉业务！真没办法！”他自言自语着走开了。“喂，喂，走到车站大约需要5分23秒。”突然，从背后传来那位警察的声音。“为什么刚才不告诉我？”出差人员回头问道。“刚才没看见你的实际步速啊！”警察说。

我们系统在风景秀美的郊区小镇盖了座宾馆，不仅进行了内外装修，服务员也全部进行了培训，据说已经达到了星级标准。

昨天公司来了一个大客户，老总对我说：“这个客户一定要招待好，食宿全部安排在新落成的‘星级宾馆’里。”于是我陪客户驱车来到郊区。

这里我是第一次来，看上去装修得很豪华，总台的服务员小姐彬彬有礼，一看就训练有素。

南方来的大客户对这家宾馆赞不绝口，连声说：“真没想到你们这儿还有这么上档次的宾馆。”

办完登记手续，一位漂亮的服务员小姐走过来，带领我们去房间。我边走边环顾四周，忽然客户转过头，一副不可思议的表情，用手指着服务员的胸牌对我说：“这个宾馆还有直升机？”

我推了推鼻梁上的眼镜，仔细一看，胸牌上果然写着“垂直交通管理员”。

我也很惊奇。这时走到了电梯前，服务员一伸手做了一个请的姿势，然后微笑着说：“我是电梯小姐……”

飞机坠毁前的遗言

飞机在一阵剧烈的颤抖之后，空中小姐突然表情凝重地为每个乘客都发了一张纸和一支笔，随后，机长那浑厚而压抑的声音出现在广播里："很不幸地告诉大家一个消息，由于飞机出现故障，将在4分钟后坠毁，请大家尽快书写遗言，交给乘务员。否则，您将失去与亲人的最后一次联系机会！"人们把脸贴到窗上往外看，没错，正往上飞的云告诉他们飞机正在跌落。"天哪！"机舱中一片骚动，几个女人开始哭泣。"请抓紧时间吧！"机长再次催促。人们无奈地握起笔，开始给亲人写信。

飞机坠毁在一片丛林里，机上乘客无一幸免。搜救人员找到了装有乘客遗书的特殊装置，发现大部分遗书都是关于思念亲人和遗产分配的，但也有几封非常特殊，引人深思。

一位第三者写给她的情人："我想这是报应，我破坏了你的家庭，伤害了你的妻子，最终却没能拥有你。不论我是飞到天堂还是下到地狱，我的灵魂都不会安息，为你、为她也为我们大家，永远忏

悔！”

一位官员写给他妻子：“对不起老婆，我有两件事瞒着你，一是我私存了一笔钱，有5万余元，存折就放在卫生间中装手纸的匣子下面，密码是你的生日。二是我一直想和你离婚，但却没有勇气，我实在是厌倦了你的唠叨。但这回不必了，老天替我们办了离婚手续。孩子就交给你了。”

一位癌症患者写给他的父母：“本想在跳入大海前写给你们，可是来不及了，事故让我连这最后的愿望都没能实现。如果还能找到我的尸体的话，请一定将骨灰撒入大海。不孝儿，绝笔！”

一位诗人写给一位编辑：“这一刻，我的心真正飞了起来。不过，恐惧是翅膀，目的地是死亡。”

一位企业家写给他的副手：“和某某公司的竞争继续来；某某厂的货款继续欠，某某银行的贷款继续赖。某某秘书就不要用了，给她结清工资，让她回家。”

一位外逃贪官写给远在美国的情妇：“都他妈的是你催的！”

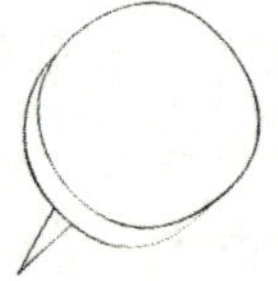

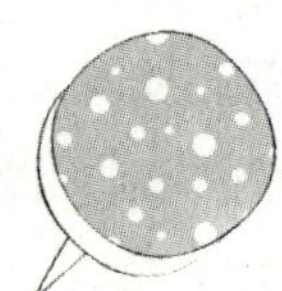
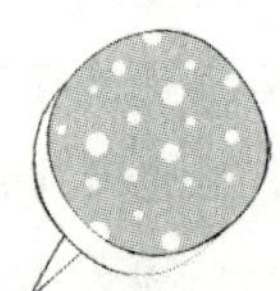

看交警怎么收拾贫嘴的MM

交警在十字路口拦住了她的“POLO”，敬礼后，请她出示驾驶证。

“这是为什么？”她坦率地问道。

“您违犯了交通规则。”

“谁告诉您的？”

“我亲眼看到的。请出示证件！”

“您是不是认为我没有驾照？”

“我没这样认为。”

“可是，我怎么可以把证件交给一个完全不认识的人呢？”

“我是交通警察，我有权这样做。”

“可我怎样知道您是交警呢？”

“难道您没看见我穿的制服？”

“制服能说明什么？制服是可以造假的。”

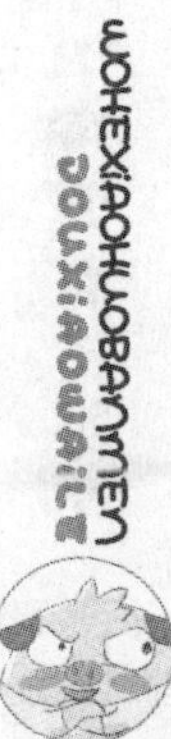

“好吧，这是我的工作证件。”

“马震，你叫马震？”

“不是！我叫冯震！”

“字不清晰……照片也不像……”

“真的是我啊！只不过现在头发长了，胖了点儿。”

“我觉得照片上的人帅气一点儿。”

“你看完了吧，现在可以把驾照给我看一下了吧！再说你看后面堵了不少车了。”

“可是我还是没办法确定你的身份呀！”

“我穿着制服还给你看过证件，你还要怎么样？”

“看到的并不一定可信呀！我记得10年前，我的朋友张娜认识了一位军人，也穿着军装，还有校官证……（5分钟后）最后张娜好可怜呀！所以说看到的不一定就是真的。”

“说的是啊！有道理！看见的也不一定是真的！所以现在……（掏出警棍）我怀疑你的车是贼车！熄火！把手放头上！慢慢地爬出来！”

“我……”

“不要说话，不要随便乱动！不然我当你袭警！（同时掏出步话机）总台，现在发现一部车子，怀疑和车主身份不符！车主拒绝合作检查证件，请尽快调附近的巡警来支持，怀疑匪徒手中持有枪械，请调飞虎队来支援！同时请拖车前来！”

“等……”

“请不要跟我说话！我只是交通警察，有什么话跟刑事警察说！现在不要动！”

“我把驾照给你看！”

“好！还有身份证！慢慢用两个手指拿出来！”

“我没带身份证啊！”

“那就先把驾照拿出来。”

“李金梅……你叫李金梅？”

“不是！我叫李全梅！”

“字不清晰……照片也不像……”

“真的是我啊！只不过现在头发长了，胖了点儿。”

“我觉得照片上的人漂亮一点儿。”

“你检查完了吧，可以了吧！”

“不行！因为你没带身份证，所以我怀疑你使用别人的驾照！可能是你姐姐或妹妹的！或者就是伪造的，请你还是等刑警来！他们最近正在调查一起伪造驾照案件。”

“可我这真的是真的啊！”

“那你等等，我核实一下。”

……

（过了20分钟。）

“经过核实，你的驾照是真的！不过你刚刚闯红灯，现在加上堵塞交通，所以你的驾照副本我要扣下来，驾照还给你，但是由于你没带身份证，所以还不能确定你的身份，我已经通知派出所了，他们马上就到了。”

“对了，忘记跟你说了，以后没事少跟我贫！”

匪夷所思的幽默男女

早上，儿子哭着跟我和老婆说梦到奶奶死了，我说没关系，梦都是反的，梦到奶奶死，死的可能是外婆。

我现在摸着脸上的三条血痕欲哭无泪。

妻子快过生日了，特别想要一辆一脚油门就可以开到100公里的车。

她提示丈夫："我要的生日礼物，是可以一下从0变到100的东西。"

生日那天，她开心地发现家门前有个箱子，打开一看，里面放的是秤……

一天，一个男胖子和一个女胖子去游泳。女胖子说：“你不要跳了，你一跳整个水池的水都要漾出来。”

男胖子说：“你也不要跳了，你跳不下去，进去就卡那里了。”

他约她吃甜品、看电影，可是始终不敢有进一步的动作，连好几次碰到她的手都没有牵。

天下着小雨，他们各自撑着伞在散步。

她想，这个笨蛋怎么那么不主动？

于是在路过小桥时，她折起自己的伞咻的一声扔到河里。

他愣住了。

她笑着说：“你就这样让我一个人淋雨吗？”

他恍然大悟，咻的一声也把自己的伞扔下去了。

有一男生腼腆用纸条表白，写上：5201314。

纸条回来后写着(520+1314)×10，此男生欣喜若狂。

同桌淡淡地说：“结果等于18340，不就是一巴掌扇死你吗？！”

我有一闺蜜，她是平胸。我问她：“你晚上回家，被劫色怎么办？”

她淡淡地回了句：“我就脱了上衣，然后说：‘别激动，是自己

人……自己人。’”

一男一女相亲。

女方问男方：“听说你爸爸在一个部里工作？”

“没错。”

女孩高兴地说：“等回头把我介绍到你爸爸那里吧，我可以当会计。”

“他那里用不着会计。”

“那就管理档案吧。”

“这个部没档案。”

女孩听后觉得奇怪，追问：“那是什么部？”

小伙子笑着回答：“小卖部。”

见闺蜜男友之前先看过照片，感觉一般，闺蜜解释是他不上相的缘故。

今天见到他本人，比照片里还要丑些。

闺蜜问观后感。

我不好伤她自尊，憋了半天，感慨地说：“其实他挺上相的。”

“昨天有个女孩约我去看电影。”

“哇！你答应了吗？”

“没有”

“为啥啊？”

“她居然约我去她家看，又不是电影院，没诚意！”

今天一男生向我告白，我为了打发他，就告诉那个男生：“你如果能马上给我彩虹，我就和你交往。”

男生回答道：“那你想让它出现在哪里？”

我伸出左手说：“在这里。”

于是……他把我的手放在地上，用力地踩红了……

霸气侧漏的极品糗事

一哥们逃课，被老师捉住了，老师当场把手机给他，让他打电话让他妈来一下学校……

电话通了，哥们可怜兮兮地说：“妈，我犯事儿了，老师让你来一下。”

结果，电话里传出一个粗犷的女声：“没空！一筒！……”

一哥们儿子刚十个月，昨天晚上哥几个在他家喝得有点儿高。

今天街上见到他媳妇，他媳妇说：“以后让我老公少喝点吧，昨天晚上半夜我听见儿子哭得嗷嗷的，起来半天找不到人，只见我老公抱着枕头，枕着儿子……”

最近遇到几个这样的女骗子，说：“没钱吃饭，要去某地没钱坐车，在这儿人生地不熟。”

我回答道：“晚上不是没地儿住嘛，到我那儿去吧。”

只见女骗子默默地走了。

清明一同事祭祖，边烧纸钱边说：“这冥币做得太TM逼真了，连金丝儿都有。”

回去之后，刚进门他妈就问：“你去祭祖怎么没带着这些纸钱儿？还有，家里刚取的那一万块钱哪去了？”

昨天去超市买鱼，跟卖鱼的小哥侃了一会儿，只见他熟练地捞鱼、杀鱼、打包，那手法、那过程，专业啊，拿过鱼，我始终觉着哪里不对，弱弱地看着小哥。小哥也疑惑地看着我，眼神迅速从疑惑变成无比纠结，爆了句：“靠，忘先称重了。”

吃得苦中苦，将来开陆虎；少壮不努力，将来开夏利。

“120电话号码多少啊？”

“你傻啊？120号码多少你不会打114问啊？”

冷得好，冷得妙，冷得嘿嘿笑

汤锅已经沸腾，饺子A鼓起勇气对饺子B说："有件事我一直想告诉你……"

"我知道，你喜欢我……"

"什么？！我一直隐藏得很好，你是什么时候……"

饺子B看着饺子A破了的皮儿，酸楚地说："就在刚刚，你露馅儿了。"

有一天小明和伙伴们踢球，一不小心球掉进了一个坑里，大家想了很多办法都没能把球拿出来。

这时一直站在旁边沉默不语的小明提议大家一起往坑里尿尿，终于球浮上来了。

小明语重心长地对大家说：“遇事要冷静，要多多脑筋。”

第二天，大家又一起踢球，小明掉坑里了。

A：“不要当着苍蝇的面拉屎。”

B：“为什么？”

A：“它会认为你是在炫富。”

去帮一单身女同事修电脑，费好大劲儿终于弄好了，女同事拿出俩香蕉表示感谢。

我说：“我不吃了，不用客气。”

女同事说：“吃吧，没事，我都洗过了。”

路上，越想越不对劲儿，香蕉吃前要洗吗?

我问一朋友：“为什么关羽当初带着两个嫂嫂进了曹营，然后又毫发无损地出来了？”

他回答我：“不知道，可能关羽发质比较好吧。”

有一次，我和朋友打麻将一直输，就叫男朋友去楼下买包话梅给我。意思是化掉霉运嘛，貌似这招一直都挺灵的。但是我吃完话梅还是一直输。

后来他一看，话梅的包装口袋上写着：天下第一梅。

我天生饭量小，长得也很瘦小。昨天我和单位的胖子一起去食堂吃饭，胖子看了一眼问："吃得那么少啊，难怪这么瘦。"

我逗趣地回答说："为了保持身材。"然后，我瞅了瞅他的饭，就问他："你怎么还吃那么多？"

没想到，他冷冷地回答我："目的和你一样，为了保持身材。"

刚买了两斤小西红柿，没走几步袋儿就漏了，结果小西红柿散落了一地。

正头疼时，空中飞来俩塑料袋，我选了个大小正合适的抓下来。

这个城市真好……

和朋友去吃饭，朋友要了个尖椒豆腐。

服务员端上来，朋友吃了一口便叫道："这菜怎么有味儿呢？"

服务员闻了闻确实有味，忙道歉。过一会儿又上一盘，朋友刚吃了一口又叫，说："你们菜是过期的吧，怎么还有味呢？"

服务员顿时晕了，这时厨师来了，闻了闻也十分不解，刚准备拿走，回头说："先生，请您把鞋子穿上。"

火车上，与旁边热情的阿姨聊天，她说我像极了她侄女。我问："真的吗，那她结婚了没有？"

阿姨一愣，说："结了，为啥这么问？"

我说："没事儿，就是想确定一下我这种长相能不能嫁得出去。"